中国当代名家
系列作品选
散文卷

草木皆情

蒋建伟 李兴海 主编

江西教育出版社
JIANGXI EDUCATION PUBLISHING HOUSE
·南昌·

图书在版编目（CIP）数据

草木皆情 / 蒋建伟，李兴海主编 . -- 南昌：江西教育出版社，2022.2
（中国当代名家系列作品选 . 散文卷）
ISBN 978-7-5705-2676-5

Ⅰ . ①草… Ⅱ . ①蒋… ②李… Ⅲ . ①散文集 - 中国 - 当代 Ⅳ . ① I267

中国版本图书馆 CIP 数据核字 (2021) 第 221700 号

草木皆情
CAOMU JIEQING
蒋建伟　李兴海 主编

出 品 人　廖晓勇
选题策划　李永山
责任编辑　周垚穗
责任印制　朱贤民

江西教育出版社出版
（南昌市抚河北路 291 号　　邮编：330008）
各地新华书店经销
湖南天闻新华印务有限公司印刷
787 毫米 ×1092 毫米　1/32　10 印张　字数 150 千字
2022 年 2 月第 1 版　2022 年 2 月第 1 次印刷
ISBN 978-7-5705-2676-5
定价：49.80 元

赣教版图书如有印装质量问题，请向我社调换　电话：0791-86710427
投稿邮箱：JXJYCBS@163.com　电话：0791-86705643
网址：http://www.jxeph.com

赣版权登字 -02-2021-687

序

何为散文?

“在中国文学史上，散文这个概念显然并非立足于其形式和内容方面的‘散’或‘不散’，而是相对于韵文而言的散行文体。”著名学者林非认为:“这种韵散之别的表达方式，在上古时期并未被引起重视，汉晋以来对文体的辨析渐趋细致，逐步形成了对韵散各种问题的论列。刘勰《文心雕龙·总术》以为‘今之常言有文有笔，以为无韵者笔也，有韵者文也’，他在《文心雕龙》中所列举的21种文体，属于他所说的‘笔’的部分16种，大体都可归入广义散文的范畴。”如此来看，“形散而神不散”只是中国当代散文写作中的一种写法，并不能代表所有散文的写法，更不能给散文写作者套上这个“紧箍咒”，提前设置这个不必要的清规戒律。我们需要打破散文创作的陈规，力求创新。比方说，可不可以“神散而形不散”“精短美文”？可不可以“大文化散文”“民生散文”“军旅散文”“亲情散文”“纪实散文”“动植物微观随笔”“禅意小品”“哲思札记”“笔记体散文”“手机短信散文”“微信散文”“民间语文式散文”，甚至说，可不可以“散文的诗歌化语言”“诗散文的想象与叙事”？……在创新的过程中寻找一条出路，思想才会飞翔，飞得越来越远。

古今中外的文学家，都在思考一个问题：“如何写好散文？”郁达夫在《中国新文学大系·散文二集》的《导言》中，也介绍过散文分类的方法，他倾向于将散文用“实写、抒情、说理”三项来概括，认为这种分类方法“合理而简明”。其中所说的“实写”，带有当代散文写作中纪实、叙事和写人的意味，属于非虚构写作，表达形式也是林林总总，对文学技法的要求不高，很容易被大众接受和喜爱。练习者一多，经常写散文、发表散文的作者也便成了散文家，有了自己较为熟练的技巧和经验，有了自己或激情四射、或思想空灵的个性。这种个性，就是文学创作中所讲的特立独行，也只有这样，读者才能从世界上浩如烟海的散文作品当中一下子认出你的作品。

文学创作的形式、技巧，可以千变万化，但是，内核不能变。说起来，小说应该有小说的样子：虚构和想象。散文也应该有散文的样子：善良，特别是埋藏于人性深处的善良。我认为，散文家的笔下，首先讲究真实，然后，善良才是一篇散文作品的内核。

“我们需要好人的存在！”著名作家梁晓声始终在呼吁中国社会要提倡好人文化。他说：“好的文化会有许多的标准，其中最重要的一条，就是关于好人。好人最重要的一条标准就是善良，这是根。秉持着善良这一点，对许多事情的判断都不会那么复杂，变得相对简单了。”“我们希望有一天，做一个好人能成为生活幸福指数的一部分。”也就是说，不论在任何时代，都需要好人多一些。

换句话说，好人作为推动社会进步的个体，可以阻止时代向不好的方面倒退。那么，什么样的人才是好人呢？在这里，梁晓声所说的好人并不是老好人，而是自身有文化、有知识、有价值观的人。

善良，不仅是一种文化，也是一个人的情怀。所以说，我们写散文的人，包括许多还在学校写作文的小学生、中学生、大学生，要做一个善良的人，写出善良的文字。

写到这里，我不由自主地想起了90岁高龄的林非先生。林非先生一生致力于中国散文和鲁迅研究，作文严谨，著作等身，不知扶持了多少后生晚辈，做过多少件善良的事情！乃至，多得连林非先生自己都忘了。印象最深刻的是，每次我给他打电话，还没等我张口，他就抢先说：“你刚刚发表的文章我看了，写得很好——”他把最后一个字的余音拖得很长，有肯定，有鼓励，有期许，让人心底好一阵温暖。近年来，他困顿于病床之上，然读书仍不知疲倦。2020年春节前，我和林非先生的爱人、作家肖凤短暂通话，谈及先生的病况，很是牵念。这之后，全球新型冠状病毒肺炎疫情来袭，反反复复侵扰，已经两年多没有他的消息了。想起他面对面对我的教导，想起他对于我的创作的关爱和批评，泪水翻涌，心音默默，唯有遥祝他老人家早日康复。我的耳边，时常响起林非先生的两句话："一切出于真挚和至诚，才是散文创作唯一可以走的路。""千万注意坦率地表露出自己的真情实感和内心图景，千万别将内心封闭起来假装崇高，否则，是无法让读者相信作者真正是崇高的。"

我们所擅长的东西，也正是需要我们保持万分警惕的东西。北宋初年文坛有一场轰轰烈烈的古文运动，以欧阳修等人为代表的文人群体探讨着如何继承与发展韩愈、柳宗元的散文传统，他们对于"道统"还是"文统"进行了反复激烈的大争论，这充分显示出他们在自己发起的古文运动中，具有十分自觉的建树散文文体的意识。

这也说明，散文写作不是一成不变的，是能够求新、求变的，我们通过一篇篇的摸索和实践，一次次的思考和参悟，一次次的碰壁、被打倒、站起来，然后继续碰壁、碰壁，不断地在否定自己和发现自己的困惑中有所感悟，有所成长和进步。

这套书，这么多篇的散文，希望能带给读者不一样的阅读体验。

蒋建伟

2021 年 11 月 9 日于北京

目录

窗前的树

张抗抗

我的窗前有一棵树。

那是一棵高大的洋槐。树冠差不多可达六层的楼顶。粗壮的树干与三层的阳台相齐，碧绿而茂密的树叶部分，恰好正对着我四楼的窗户。

坐在我的书桌前，一树浓荫收入眼底。从春到秋，由晨至夜，任是着意或是不经意抬头，终是满眼的赏心悦目。

那树想必已生长了多年。我们还没搬来的时候，它就站立在这里了。或许，我还没出生的时候，它就已成为一棵树了。就因着它的缘故，我们曾真心希望能拥有这个单元的一扇窗。后来果真如愿，我们从此天天享受着它的清凉与恬静，便因此很是满意，很觉幸福。

洋槐在春天，似乎比其他的树都沉稳些。杨与柳都已翠叶青青，它才爆出米粒般大的嫩芽；只星星点点的一层隐绿，悄悄然绝不喧哗。又过些日子，忽然就挂满了一串串葡萄似的花苞，又如一只只浅绿色的蜻蜓缀满树枝——当它张开翅膀跃跃欲飞时，薄薄的羽翼在春日温和的云朵下染织成一片耀眼的银色。那个清晨你会被一阵来自梦中的花香唤醒，那香味甘甜淡雅、撩人心脾却又若有若无。你循着这馥郁走上阳台，你的身子为之一震，你的眼前为之一亮，顿时整个世界都因此灿烂而壮丽：满满的一树雪白，袅袅低垂，如瀑布倾泻四溅。银珠般的花瓣在清风中微微荡曳，花气熏人，人也陶醉。便设法用手勾一串鲜嫩的槐花，一小朵一小朵地放进嘴里，如一个圣洁的吻，甜津津凉丝丝的。轻轻地咽下，心也香了。

洋槐开花的日子，是我们的槐花节。

槐花开过，才知春是真的来了。铺在桌上的稿纸，便也文思灵动起来。那时的文字，就有了些许轻松。

夏的洋槐，巍巍然郁郁葱葱，一派生机勃发。骄阳下如华盖蔽日，烈焰下送来阵阵清风。夏的淫威都由它承受。夏日常有雨，暴雨如注时，偏爱久久站在窗前看我的槐树——它任凭狂风将树冠刮得东倒西歪，满树的绿叶呼号犹如一头发怒的雄狮，它翻滚，它旋转，它战栗，它呻吟；曾有好几次我以为它会被风暴折断，闪电与雷鸣照亮黑暗的瞬间，我窥见它的树干却始终岿然。大雨过后，它轻轻抖落树身的水珠，那一片片细碎光滑的叶子被雨水洗得发亮，饱含着水分，安详而平静。

那个时刻我便为它幽幽地滋生出一种感动。自己的心似乎也变得干净而澄明。雨后清新的湿气萦绕书桌徘徊不去，我想这书桌会不会是用洋槐树木做成的呢？否则为何它负载着沉重的思维却依然结实有力。

洋槐伴我一春一夏的绿色，到秋，艳阳在树顶涂出一抹金黄，不几日，窗前已是装点得金碧辉煌。秋风乍起，金色的槐树叶如雨纷纷飘落，我的思路便常常被树叶的沙沙声打断。我明白那是一种告别的方式。它们从不缠缠绵绵、凄凄切切，它们只是痛痛快快、利利索索地向我挥挥手，连头也不回。它们离开了槐树就好比清除了衰老抛去了陈旧，是一个必然、一种整合、一次更新。它们一日日稀疏凋零，安然地沉入泥土，把自己还原给自己。它们需要休养生息，一如我需要忘却所有的陈词滥调而寻找新的开始。所以凝望一棵斑驳而残缺的树，我并不怎样觉得感伤和悲凉——我知道它们明年还会再回来。

冬天的洋槐便静静地沉默。它赤裸着全身一无遮挡，向我展示它的挺拔与骄傲。或许没人理会过它的存在，它虽活得孤独，却也活得自信、活得潇洒。寒流摇撼它时，它黑色的枝条俨然乐队指挥庄严的手臂，指挥着风的合奏。树叶落尽以后，树杈间露出一只褐色的鸟窝，肥硕的喜鹊啄着树枝喳喳欢叫，几只麻雀飞来飞去到我的阳台上寻食，偶尔还有乌鸦的黑影匆匆掠过，时喜时悲地营造出一派生命的气氛，使我常常猜测着鸟们的语言，也许是在提醒着我什么。雪后的槐树一身素裹银光璀璨，在阳光还未及融化它时，真不知是雪如槐花还是槐花如雪。

四季的洋槐树便如一幅幅不倦变幻的图画，镶入我窗口这巨大的画框。冬去春来，老槐衰而复荣、败而复兴，重新回来的还是原来那棵老槐；可是，我知道它已不再是原来的那棵槐树了——它的每一片树叶、每一滴浆汁，都由新的细胞、新的物质构成。它是一棵新的老树。

年复一年，我已同我的洋槐度过了六个春秋。在我的一生中，我与槐树无言相对的时间将超过所有的人。这段漫长又真实的日子，槐树与我无声的对话便成为一个永远的秘密。

没有春天

张抗抗

在北方生活了二十几年，总觉得每年都找不到春天的感觉。就连北方人也说：北方没有春天。

冬末时节，早早地盼着天气转暖。眼看着天长了、风柔了，青草躲在墙角悄悄绿了，阳光也一日日燥热起来，心里便喜滋滋将厚重的冬装收起，换上了开春的毛毯和风衣。却突然袭来一场雨雪或是寒流，气温井绳般地直直落下去，弄得你好一阵手忙脚乱，只得乖乖地重新回去过冬。暖气刚停的日子，瞧着外面的阳光可人，屋里却阴湿冰冷，外出脱衣，进门穿衣，室内室外全然两个季节。更衣感当然又把人带回冬季，不过反向而已。还有一早一晚大幅度的温差，任是白天如何温暖和煦，夜半依旧寒意逼人。那冬老人的棉袍就像是笋壳做的，脱了一层，还有一层。

北方的冬天，可不是过也过不完嘛。

等到猛烈的春风热辣辣刮起来的时候，满心期待着大风也许能有所作为。北方的大风倒是每年都来势凶猛，整个城市都在风中摇撼、瑟瑟颤抖。大风有时能一口气刮上三天，稍事歇息，去西伯利亚、蒙古一带转个圈回头又来。春风如磨盘似的，不用驴拉，来来回回使劲地碾着北方的土地，却是螺旋式的，转着转着，偏偏就与春天擦肩而过。等到风停风消，睁眼定神看看，树绿了，草已高，缤纷的鲜花谢了，凋零的花瓣落了一地；时鲜的蔬菜已琳琅满目，大街上已是裙装翻飞——春风终于向更远的北方撤退时，这里已是骄阳当空的夏天。

北方的天气是个跳远的高手，用大风做跳板，能一家伙直接从冬蹦到夏。

所以北方没有春天。

时而会有一种让风雨和天空戏弄之感，或是被春天从头跨越的失落。

更有一种似曾相识的心情，在没有春天的春天里，感叹一代人的命运。

那是我们老三届整整一代人啊。那个青春花季的年龄，十年，也许更多，恰是一个人生命的春天。稚嫩的花蕾被严冬的风霜雨雪侵袭，许多本应灿烂、本该绚丽一季的花朵，都没有等到春天。那冬天是过于严酷和漫长了，且固执地徘徊不去，碾磨似的一轮轮回风不止。待到终于气息奄奄地鸣金收兵，大地已是春老红残。即使偶有坚忍的花芽挺过寒冬，噩梦初醒时，只见草木葳蕤，花叶繁茂，满目是仲夏的苍翠，没有了种子的位置。

但夏的溽热燠闷，怕也是不那么容易打发的。

而一旦过了蓬勃的夏季，便是萧瑟的秋天了。

与同龄人交谈，时时有青春不再的悲凉，丝丝缕缕地浮升上来。

曾被严寒肆虐，又被春风所误，何处去寻回属于我们的日子？

只能自怜自慰地解嘲，说没有春天，也躲去了春情依依的烦恼；没有春天，陈年的老伤不易发作；没有春天，更可体察夏的轻装与轻松；没有春天，也许不种瓜而得豆——君不见，知青后代如今已是青出于蓝而胜于蓝，个个咄咄逼人?

尽管我们可将未度的春天当作落红掩埋，但我们心底，依然眷恋春天。

就不能把秋天当作春天来过吗?

若是细细品味，再把繁杂琐碎的日子重新一一梳理，我们会发现，当夏末的暑热终于隐去，凉爽的秋风习习吹来时，和煦的艳阳之下，草木依然青葱——那些初秋的好日子里，我们心中充满春天重归的喜悦。春装在短暂的秋季重新风光一时，秋天丰硕的果实给予我们五月花蜜同质的滋养。况且，秋天晴朗少雨却无春的浮尘，能养护和修补我们曾被寒风和烈日毁坏的肌肤，使我们重新变得滋润和充实。

秋的容颜里可有春的心态。何况，当下还正是盛夏时节呢。

创造和珍惜我们自己的春天吧，朋友。心里的春天，剥夺也难，衰老更难。

玉

蒋建伟

走到江边，雨说来就来了，细密，迷迷瞪瞪，好像一副没有睡醒的样子。

坡上有书院，而坡下正在破土施工，红土里纵横着一道道车辙，盛满了一捧一捧的水。我们高一脚低一脚走在烂泥地里，吴朋友向上指了指说："叠山书院到了。"

周遭一片泥泞，我们用鞋子寻找路，顾不上回应他。雨水和着红土，一片泥泞连着一片泥泞，抬脚之间，好像踩上了海绵，海绵喝饱了水，"扑哧扑哧"，泥水乱溅，想找到一块稍硬一点的红土疙瘩，然后毫不犹豫地踩上去都难。

周朋友见我走得犹犹豫豫的，心好仔细，就对我说："哎呀，你大概还不知道，我们这里产玉，叫黄蜡石，色泽接近红土和黄土之间。"我问："这烂泥土里有没有？"

他说："到处都是哎。"脚一挥，"腾"，就是一下。泥块飞扬，大疙瘩追逐着小疙瘩，骨碌碌跑了好远，我们也追了上去，拿皮鞋尖拨拉着它们，翻来覆去辨认，哪有什么黄蜡石？我脚臭，也没有踢出个所以然，不过，发现了一块米黄色的石头，莫非，这就是……我兴奋不已，偷偷拿到泥水窝里洗了洗，摸起来很滑，像蜡，亮眼得很，有一层包浆，上面的纹路像人的手纹，不禁心花怒放。问周朋友："这块，是不是？"吴和周都笑了，脸斜斜地坏笑。答案，还用再问吗？还是周朋友够意思，拿起那块石头解释说："是不是玉，你不能看它颜色好看，就断定它是。关键看它玉化的程度，蜡石的透明度。你看看，我说的对不？"我仔细观察，发现它玉化不够，只是石皮光滑罢了，不免有些失落。

吴朋友也是个细心人，先是像一个地质勘探员似的，原地观察一圈，捡一片红土疙疙瘩瘩的凸处，"啪"，飞起一脚，鞋面和裤脚立马溅满了泥浆，哪还理睬！于是乎，泥浆和大大小小的石块摊开了，一股股土腥气扑鼻而来，湿漉漉的，娇滴滴的，不知是哪里的女子在轻轻叫着谁呢？

我们蜂拥而上，七手八脚地捡石头，丢石头，反复比对，选择来，选择去，比谁的运气好能捡到黄蜡石。最后，我感觉自己真的挑花了眼，虽然两手举了三块石头，心里头却还是一个劲儿打鼓。它们，究竟是不是呢？忐忐忑忑，把石头交给周朋友鉴别。

异常镇静的周，看过了吴的，方才接过我的，挑了几挑，都不太满意，一个反手，拿出一块土不拉几的石头，说："这块，我捡的，百分之百的黄蜡石。"我"咦"了一声，问他："你蒙我？"他说："你看看你看看，这儿，还有那儿，玉化的质地……啧啧，怎么样？"说着，又怕我不相信，拿石块往脚边的污水里涮涮，纹理更加清晰，玉质透明，一缕一缕，像肥嘟嘟的猪肉，有肥肉，也有瘦肉。唉，好馋！看到这时，不过上午十点，肚子却突然"叽里咕噜"地叫了起来。哎呀呀，这哪里是什么黄蜡石，分明是弋阳老县城的龟峰扣肉嘛！说到扣肉，大名鼎鼎，我这般行色匆匆，无缘此等口福，遗憾呐。不过昨日，龟峰倒是爬了，山是很奇怪的山，红艳艳的肉色，座座都像乌龟，卧爬滚跑，腾挪闪跳，一不留神，没准就跑到谁家的床上了。石色和肉色，等于是肉，一想到肉，很容易勾引出人的口水，但是这块肉嘟嘟的石头果真能吃吗？想到这里，我“咕咚”咽了一股口水，再没有什么话。

周朋友自信满满，问我：“怎么样？这块黄蜡石可以吧？”

我说：“是可以。可它，长时间裹在红土里，怎么是金黄色？”

吴朋友插了句话：“嗨，我们弋阳县紧靠江西鹰潭的龙虎山。张天师听说过没有？他就在那地方炼金丹。你想呀，那炼丹水顺便一洒，大山变成了肉红色，时间长了，土里的疙瘩块不就玉化了变成金黄色的吗？”说着，恶狠狠扔掉手里的三块石头，“啪”，又是一脚，骨碌碌滚出来一群小石头，他嘴角咧咧，顺势地，弯腰捡起了两块。

周朋友点点头，对我说：“大家都这样传，说到底，是说黄蜡石好看，江边河谷，水流过，滑溜溜的，加上日月星光暴晒，有贵气，聚财气呢。”

我接过周朋友手里的石头，问他们几个："看起来，这玉质，像不像一块肥肉？"

"不像刚宰的肥肉，像山里人家里的腊肉。"一个说。

"哪有这样黄的腊肉？时间太久啦，谁吃呀？"一个说。

"玉就是玉嘛。如此高雅的东西，老是跟腊肉扯在一起，俗不俗气哩你！"一个说。

"吃是人的本能嘛，动物也一样爱吃。不谈吃，我们活着还有什么意思？你说，是不是？"一个人说着，朝我暗暗挤了挤眼睛。

"他，想吃肉了吗？中午，我们到曹溪镇东港村，吃农家菜，喝汪三火家的稻谷酒去，另外告诉他，别忘了炒上几盘土猪肉。"

"三火不是来接我们吗？他们的车子走到哪里了？"

"急什么！等一个小时，我们看完上面的叠山书院，这两人估计着就到了。"又问我，"你，先忍一会儿肚子吧……"

我忍不住“嘿嘿嘿嘿”地笑，一时间，他们也跟着我笑。

再看，那黄蜡石，可不就是一块肥肉吗？走出几十步，我拿着三块石头，周朋友拿着两块，吴朋友也拿了三四块，不过都沾满了脏兮兮的泥巴，看不出来到底是不是黄蜡石，一时间，你一言我一语的。

上坡了，陡直，半米高，前脚踩上去，脚尖探了探土的虚实，倘若实，方才踩准了原地，绷直了腿劲儿，一个提气，一个跃身，“啪”，就上去了。但见这儿，红土里有了干的地方，雨水呢，被草和土吸了去，不见得多湿，显了干燥气，越来越瓷实，踩上去，地皮不再是泥泞泞的，脚步有了“啪啪啪啪”声的底气，不免加快。往上边去，是一条窄窄的水泥路，几道水泥阶梯，一个敞敞亮亮的院门，门旁边，有一个水池子，拧开水龙头，吴朋友洗了泥石头，两个人也冲手洗脸，蘸着水，擦去皮鞋上的泥巴，掩饰一下狼狈相。继续往里边走，推开门，就是静穆的书院。我停下步子，周朋友也停下来，想确认一下吴朋友手里的东西是不是真东西，即是不是黄蜡石。吴朋友脚步停也没停，攥着两块石头，右手朝上一挥，意思是不要停下，我们两个人只好跟上。

书院里亭台楼榭，草木葱郁，厅堂的茶几两端，虚着的两个座位，想必是书院主人一直在等着远方的学人。吴朋友是本地人，自然围绕着它，乱七八糟地说道一番，却只字不提自己手里的石头。周朋友看透我的心思，转过身子，急急打断了他的话，嚷嚷道："你别说了！我们不想听这。哎，能不能让我们俩看看这个？"

吴朋友一个背手，胸脯一鼓，反问："看什么啊？有什么好看的，有什么好看的。"

"黄蜡石呀。"我嘻嘻一笑说，随即移步到了他身后。

他把两手又抢放回来，不料，两只胳膊快要转移到胸前的时候，周朋友眼疾手快，一下就抓了个正着。周得意地说："看你还往哪里跑？"

他只好无奈地笑了笑，攥着的两只手松开了，露出了黄澄澄的石头，不规则，一块像鹅蛋大小，七八两重，一块像扁平的红薯大小，足足两斤重，都不算小。鹅蛋状的石头不错，颜色较深，由橙黄色正在向咖啡色过渡，我粗粗估计，玉化的时间不下五千万年。

嘴角不禁微微一翘，笑意时隐时现。

周的聪明，出乎我的意料。他狐疑地瞅我一眼，又看看吴的这两块石头，两三秒，一把抢过那块小个头的石头说："这个不好，不是黄蜡石，别送给他。我留着啦。"

我"咦"了一声，感觉这里面有鬼，赶紧说："我看看，我看看。我啊，也想要这块品相不好的石头。"

周绷紧一张脸，看看吴，又看看我，忽然，"扑哧"笑了，说："其实呢，这块小的，比那块大的玉化的程度要好，是正宗的黄蜡石啊！"又补充说，"你看看这儿，看看那儿……哎呀，这品质，这蜡色，你上哪儿找？"果真，鹅蛋状的石头玉化均匀，瓷器般圆润，无杂质，无鬼脸，无断面，每一个棱角都磨得圆圆的，11 道褶皱里，好像隐藏着地球上的 11 道巨大的地缝，人类的 11 个秘密。想象这块黄泥巴，埋藏在地下亿万年，即使是根小草也会变成神仙了！此一刻，重见天日，单就这一点，它们不是神物是什么？

我脸上是满满当当的艳羡啊！

周怕吴难堪，出于安慰，又指着那块大点的石头说：“你的这块，成色也不怎么差，个头不小，而且多像一块红薯啊！这样吧，他是河南人，河南人喜欢吃红薯，这块，你送给他，好吗？”

吴听后，假装满脸后悔死了的样子，夺回两块黄蜡石说：“谁说我要把黄蜡石送给你们俩啦？对不起，我，谁也不送！”

我们俩听了，一愣，苦着脸笑笑，一个前，一个后，自顾自地走出了书院，站在廊檐下看景。顷刻间，大雨如注，噼噼啪啪坠落在翡翠般的信江之中，说不清是一种什么心情。

晚上，酒后大醉，吴朋友送我回宾馆，上楼，临别时，一把拽住我的手，从口袋里掏出了那两块黄蜡石，恶狠狠地塞入我的行李箱，搦搦我的手，非常严肃地点了一下头，就夺门而去。

那个春天的事情，已经过去很久了，但那个抬脚踢玉的细节，忘是忘不掉的。有时候点亮一盏灯，写作至夜半，看看书架上的他乡的两块黄蜡石，会走过去摸摸，瞅瞅，闻闻，末了，会非常无聊地笑笑："人养玉，玉养人哪！"

吴朋友送我的黄蜡石，是不是能养人？具体点说，就是能不能养我？如果我写下一篇小文，回忆三五个故人，写饿了，能不能把它们当两块肉吃下去？

守候在窗前的花影

许冬林

墙外的春天

母亲和大妈在窗外的廊檐下晒太阳，她们边织毛衣边聊天。我在窗内，在床上，生着病。这是三十年前的事情了，至今忆起那情景，仿佛只是昨天。

那时，窗外已经是春天。透过半掩的窗户，风软软的身子游进来，微凉的。若是爬到窗沿边，能看到远处的田野，绿色厚起来，我猜那是紫云英们从旧年的稻茬间抬起了身子。

我翻个身，继续躺着，目光烙着屋顶，仿佛从远古洪荒年代一直凝望到今。屋顶始终没有变化，有变化的是窗外，于是我拼命竖起耳朵，听着窗外的一切动静，然后在脑子里，将这些声音转换成画面。我感觉我的耳朵像一只无限伸长的手，伸到窗外，这里抓一把，那里抓一把，唯恐自己在疾驰的春天里摇摇欲坠，继而脱落，就像努力爬到岩石上的一粒螺蛳，却在一个凶狠浪头的摇撼下又坠入淤泥。

在妈妈絮絮的说话声里，我似乎听到匍匐在低声部的花猫的呼噜声——花猫一定是依偎在母亲的脚边或者母亲坐的椅子腿边眯缝着眼睛。猫也喜欢赶热闹场子，它晚上总是悄悄蹿上我的床，在我的脚边伏下，我一直没告诉妈妈。可是现在，它不陪我啦，它也在窗外晒太阳睡大觉。

我还听到了大妈家的黑狗偶尔的一两声轻吠，像是它的自言自语。门前门后的大路上，此刻应该没有陌生的路人，所以它不必拿出凶恶的架势来。我猜想，那黑狗也许是看见门前池塘里自己的倒影，翘起的尾巴上绒毛被风吹拂，像擎着一束芦花。黑狗轻吠，没有回应，于是它怅怅然离去，跟在小孩子们的屁股后转悠。

簌簌咯咯的声音，很有质感，似乎有人在翻动什么。那声音是从篾质的器具上发出来的。大约是草垛上晾晒着一筛子豆腐干。春天，奶奶喜欢这么干。春天，太阳又白又稠，奶奶端下筛子来，环在腰间，给筛子上的豆腐干们翻身。

所有能晒的，大约都在外面晒。

我的棉袄也被母亲放在外面晒，我猜要么晒在草垛上，要么搭在椅子背上晒，棉布的纹理之间织满阳光。

母鸡偶尔发出咯咯的叫声，似乎在呼唤它的同类，也许是奶奶晾晒的筛子里漏下的碎豆腐干成了它们的下午茶点心。躲过年劫的母鸡侥幸生存下来，叫声有了浑浊的沧桑感，不似小鸡仔的叫声那般清脆稚嫩。它们安然吃食，下蛋，就快要蹲窝孵小鸡了。

廊檐下传来板凳椅子轻轻移动的声音，似乎有人坐得腰背酸了，在伸懒腰，又似乎有人给太阳晒得出汗了，在揭身上的袄子。我看了看我的房间，没有被阳光直射到的那些角落，好像还沉淀在旧年的光阴里，隐约有阴冷意。墙里墙外，真是两个世界啊！我感觉生病的自己也是这样尴尬地卡在残冬和初春之间。我的腿上没有力气，像陷在冰冷的淤泥里，迈步不得，困守残冬。可是，我的脖子，我的眼睛，已经拼命迎向春天的阳光，像石缝里探身出来的一截孱弱的蔓儿。

我听到弟弟和堂姐的笑声，有六七张床那么远的距离。他们肯定在玩！

“妈妈，我要喝水。”我隔着一堵墙，隔着半掩的窗子，对廊檐下的母亲喊。

一阵窸窸窣窣的声音后，母亲推开半掩的房门，端着一杯水，扶我坐起来喝。我半依着母亲，感受到风和阳光的味道随母亲一道进了房间，这味道既亲切，又像家中忽来的客人一般明媚又尊贵。我喝过水，躺下，母亲给我掖好被子，依旧半掩上房门离去。

弟弟和堂姐的笑声依旧不时传来，他们像是一直在稳步推进那个好玩的游戏。他们的笑声经过我的耳朵，辗转到我的心上，化作一只只惊蛰过后翻身蠕动的虫子，在我心里四面八方地乱爬，然后又爬回来，几乎要掀翻我软绵绵的身体。

“咚咚咚咚——咚咚——”，是父亲的脚步声，我老远就听出来了。他走起路来，总像是用脚掌砸地，铿锵如鼓点。父亲停在了门前的场地上，因为他的说话声在我听来方向不变，距离不变。“油菜起薹了，年前追的那一趟肥，现在得劲了！”父亲说，语气里有明朗的欢喜。我在墙里，似乎看见父亲沐着阳光，像一棵粗壮的庄稼；他的布鞋沿上大约沾染了油菜叶子的绿汁。他一定是穿过油菜地回家来的。他那略显凌乱的头发里，大约还残有田野上的风和庄稼生长发散出来的清气。

“妈妈，我想起来！”我在床上又喊。

母亲站在房门口，没有进来，像个剪影。

“妈妈，我要起来。”我望着母亲恳求道。

母亲转身出去，捧来我的毛衣和棉袄之类，然后帮我穿好。我的头发没有梳，辫子落魄地歪倒在一边。待我出了屋子站在门外时，母亲复又进屋取来梳子。

屋外到处都是阳光，刺得我几乎睁不开眼，泪都渗出来了。我摇摇摆摆晃着身子，在大门前艰难站住了。

大妈似乎在看我，问：“还烧吗？”

母亲用握梳子的那只手的手背贴了贴我的额头，仿佛心里在捞什么东西似的，半晌说：“还有点热。”

我的眼睛依旧不大能完全睁开，泪也没干，只好摸索着跟着母亲走，在她腿边蹲下。她坐在椅子上给我梳头。我被屋外这明亮暖和的世界照耀着，心里反生出无限委屈，觉得自己像是从幽暗冰凉的地底下爬出来的，又丑陋又疲惫，孤孤单单没有同类。桃花在枝上打着蕾，水渠里的春水在脉脉流动，这些景致他们看得比我要清楚明白，他们眼里的春天比我眼里的肯定要更鲜活，更鲜艳，更广大邈远。

我的辫子梳好了。我偷偷出力，攥了攥拳头，想把手臂上的力气统统集中挤向腿脚，我想要快快地走起来，甚至还可以轻松地跑动。我心怀壮阔理想，想要像大妈家的黑狗一样动作敏捷，动辄纵身跳跃。

弟弟和堂姐站在大妈家的廊檐下面壁躬身，小心谨慎，不时爆出笑声。我走到他们身后，探头看，一只胖胖的野蜜蜂被弟弟从墙缝里掏出来。野蜜蜂嗡嗡地叫，似乎是睡到一半被弟弟强行拖起来的，很不情愿的样子，一转身，滚进了弟弟左手上的小玻璃瓶里，翻身打滚之后，开始扑扇翅膀。

他们在掏蜜蜂，年年春天玩的游戏。油菜花还没开，野蜜蜂们还都在墙缝里晒太阳。

我便也找来一根小棍，顺着墙沿走，一个一个墙缝地扒着窥探找蜜蜂。我握着小棍的手虚弱得想发抖，可是，我努力坚持着，掏着一只睡思懵懂的蜜蜂，像是在掏着恹恹无力的自己。

肥胖的野蜜蜂，在我的瓶子里嗡嗡了一下午，黄昏我上床时，打开瓶子放走了它。过几天油菜花就要开了，我心里想，那时我上学路过花丛，大约能遇上它。

桃花不静

“桃花难画，因要画得它静。”《今生今世》里，胡兰成这样说。

桃花其实不静。

春天开的花里，玉兰有些静气，一瓣瓣端然的，在风里不招摇。

“红杏枝头春意闹”，虽是“闹”了，但相比桃花，杏花还是未出阁的妹妹，多了那么几层含羞贞静的意思。

真正“闹”的是桃花。一开就收不住，性子烈，又艳，艳得赤裸裸。

“竹外桃花三两枝，春江水暖鸭先知”，苏轼的这两句诗里，是桃花和江水先得春讯。晨晓还是三两枝，到午后想必已经是一树又一树。桃花性子急，春风春日里，哪里坐得住！

从前，少年时，我还是有村庄的人。春日里，儿童放学归来早，行走在田野之上，遥看家的方向，村落，农舍，疏林，还有隐约如雾的一树树红花。那时的乡村，真是村前村后有桃花，舍南舍北皆春色。

我家的桃花开在庭前，傍水而开。大妈家的桃花开在菜园的篱笆边，花后人影走动。姑妈家的桃花正对着窗子，人站在屋里，眼前是一窗满满当当的红花。我们那个村子的人家，都依水而居。长长的河堤像一根柔软的绳子，串起了一户户农家，还有一树树桃花。

我们村子的桃花，不是苏轼笔下野逸的“三两枝”。桃花一开，家家像有喜事，让人看了心里莫名激荡。那些桃花，张家的，李家的，刘家的，王家的，连一连，绕一绕，都是亲戚，所以我们村子的桃花都是结伴开，开得热闹，开得似乎整日都在笑。桃花那里，只有民间的闹哄哄的喜气，它从来不自带忧伤，不具疏离气质。

那时，妈妈们在桃花荫下纳鞋底，姑娘们在桃花边绣花鞋垫，我们小孩子就踮着脚折花枝来玩。东风徐徐经过，桃花纷纷扬扬飘落，落到大人们的发上，落到姐姐们的手心里，落到我们小孩子的脸上，落到公鸡的尾羽上，落到泥地上，落到涣涣春水上……

朴素的乡村，被桃花一照，竟像点了洋红的糕点，一下就生动起来，勾起人的欢喜来。我觉得自己像是在一个桃花围成的花园里，一个桃花堆叠的梦境里。

曾有十多年的时间，我不喜欢桃花，觉得它冶艳，野性，开起来疯疯癫癫。说到底，我是觉得，它的格不够。我像苏轼一样，看花也只看那竹外寂寥的三两枝，而不喜欢桃花排山倒海般开放的热情。

不喜欢桃花的那些年头，我也是孤傲的、寂寥的，以为自己生来自带忧伤与疏离气质，所以睥睨俗世俗人。

去年秋天，晚上在护城河边散步，遇到一旧时同窗，她一见我，又意外又惊喜，拉着我在路灯下碎碎聊了有小半个钟头。道别后，我不觉想起她当年在学校读书的情形，那时她就像桃花，胆大，每每出入校门都是姐妹一大群。她其实长相普通，可是性格活泼外向，好像一个学校就她最美似的。

如今回忆，我想，她的少女时代是动态的，我的是静态的。

这么多年，同窗结婚，生子，工作，勤俭持家……她守着她小小的家庭，低姿态地结实地生活着。她像许多烟火日常里的小妇人一样，忙碌，身份模糊，几乎找不到自己的标签。可是，她很幸福，她依旧很幸福。

现在，她是静态的了。静态的幸福，平凡，朴素，温暖……我仿佛被现在的她打动了。

无为的太平漫山遍野是桃树。去年春天，清明前后，我准备去看桃花，问朋友花讯，答说还没开。一周后，我盛装去看桃花，待到了那片桃花坞前，才知花已凋零。

桃花的花期真短！即使漫山遍野是桃花，花期也还是就那么几天。叹息之余，我忽然原谅了桃花，原谅它开起来泼辣、冶艳、声势张扬，也接受了人群中那些野性、泼辣、妖娆、媚行的生存姿态。

桃花不静。它静不了。它要赶着盛开，风时也开，雨时也开，春日正好时也开，因为花期就那么几天。那几天里，它倾其所有，用色彩和阵势制造出最大的动静，让人觉得，大地都载不动、端不稳；让人觉得，桃花一开，山斜了，风斜了，雨也斜了。

初夏的白

一入夏，许多艳色的花儿都暂时歇了场，悄悄坐在枝头的，是小朵小朵的白花儿。

白花不招摇。夏是低调的。

初夏有茉莉。开着白花的茉莉。

梅雨季将至未至，空气已先软软起了湿意。爬满青苔的老宅前，青砖灰瓦的廊檐下，茉莉不大的卵形叶子缀满极细的枝干，它们啜饮着南方的露水，然后吐出纽扣大小的花蕾儿。白色的花蕾三五朵，聚在枝尖上，像几粒豆子，微微染着一点豆青色。

茉莉最像少女，最具初恋气质。那些白色的花儿盛开时，悠悠散着淡雅的香味儿，有一种我且盛开但不会惊扰叶子的意思。夏天，绿才是主题。茉莉花瓣单薄，若是浮在杯子里，没个三五朵，是铺不满杯口的。茉莉花期也短，一朵花再美，也只开数天。

少女时候，我买香水，最爱茉莉味的；后来喝茶，也爱茉莉茶；及至成年，也只想低眉做一个像小白花一样的女子，干净、淡然就好。

初夏有金银花，初开白色，翌日便成金黄。盛开时，寸把长的细细花蕾裂开，香气乍泄，仿佛无数小蜻蜓停栖在悠长悠长的藤蔓上，呼唤雨季到来。记忆里，老家的土篱笆墙上睡着厚厚一堆金银花藤，篱笆墙下野蔷薇丛生。花开时节，金银花和野蔷薇相望相迎，乡人荷锄下地，路过也不采。只有野蜂子在那里嗡嗡扑扇着小翅膀，也像荷锄奔忙的农人。

金银花开过，便是栀子开。栀子也是开白花的。

栀子花在乡下是寻常物。童年时，我们那个临水的村庄里，家家门前都有一棵栀子树，家家都有栀子花，所以家家的女儿初夏都有花戴。

栀子花比茉莉花开得要胆大些，直白率性些，有些乡下小妇人的质朴和热情。那花有掌心大，重瓣的甚至有碗口大，一朵花的香气能涨满一间屋子，一棵花树能香大半个村庄。所以，栀子花盛开的初夏，我的村庄仿佛被花香给抬升起来了，荡荡浮动。村庄醉醺醺的，乡路也弯了腰，在花香与草木清气里逶迤着，迎送劳作的乡人和出门的学子。

有一回晚上，在巢湖边的湖滨大道上开车，夜色将路边的树木和芦苇映照得十分幽深，心下莫名生起漂泊的孤寂。这时，忽闻得风里一缕栀子花香，不禁缓缓放慢车速，心儿也在花香里缓缓安妥。在我的习惯性思维里，有栀子花的地方，必有村庄，必有一户户安静生活的人家，那人家也必有纯洁好看的女儿……人世是这样端然美好，寻常烟火也是可亲可敬。

江边小镇，开白花的还有夹竹桃、木槿、牵牛花之类，只是这几种植物也有开红花或紫花的，到底比不得茉莉和栀子纯粹。

早先，我们小镇的江堤脚下，还有成片成片的荷塘，塘里白荷花居多，覆盖了茫茫的水面；也有红荷花，艳艳的，像个小妖精，远远摇曳在塘边的蒲草和芦苇丛里。童年时，我喜欢和家住塘边的同桌琴去采红荷。红荷耀眼，总有些鼓荡人心。我们采红荷，大人们也不责备，他们说红荷是野荷，对之不屑。

白荷自然不可随意去采，因为那是家养的荷花。所谓家养的，大约代表着正统，代表着被认同，也就代表着一定的身份地位。

乡人厚爱并呵护白荷，以至我们站在塘边，远看白荷，无端觉得有隆重的事要发生。白荷令人觉得纯洁矜持自有其深远的意义。心想着，长大了，可一定要做白荷一样的人。

冬天，抽干荷塘的水，乡人去挖藕。在白花花的冬阳下，许多人赤了脚去踩，去寻最粗最长的藕。那是白荷花身下结出的白藕。

春暮天，父亲在门后的长宁河里种菱。虽然只种了三四丛，但菱发得快。父亲说：“六月六，发一间屋。”那得能摘多少菱角啊，这童年里最清甜的水果。在我们的方言里，“六”和“屋”的韵母发音，都发“e”。一棵菱，到了六月，可以在水面抽枝散叶地铺出一间屋那么大的场面，这是一棵柔嫩纤弱的水生植物默默撑开的生命格局。

菱开白花。在初夏，白花出水，蛾子似的，比茉莉花还要小得多，仿佛不愿意让人知道它开花了。

胡杨之遇

遇见胡杨，像遇见英雄。

第一次见胡杨，是在朋友拍的照片里。我惊艳于那么浑厚光明的金黄。在荒漠，原来还有那样一种乔木，在风沙里专注锻造纯种的金黄。

这样的金黄，有着皇家的贵气。这是属于中国的金黄。

但我没想到，胡杨的盛大华美是在苦难里淬炼出来的。

肯定要去亲眼一睹胡杨的风采。睹的是新疆轮台县的野生胡杨林。胡杨林里，一棵棵高大的胡杨，傲然举起金黄的树冠。那些金黄色的树冠高低连接、堆叠，竟像一团大火在熊熊燃烧。谁能在大火面前展示声威?

胡杨秋叶灿烂华美，可是走近胡杨，更让我震惊的却是它的残缺、疼痛和生长的艰辛。

那些胡杨，有的主枝戛然断折，只剩小簇的叶子在侧枝上偏安——一棵树山河破碎。有的干脆拦腰折断，只剩半截主干，像一支秃笔插在沙里，静默无言。有的胡杨，已经睡倒在脚下的沙里。我踩着沉睡的胡杨，像踩着一只搁浅的驳船。

我不知道，是哪一场狂风，带着天山凛冽的寒气，将一棵棵百年千年的老树切去了叶，切去了枝，甚至切去了干，切去了生命。而那些幸存下来的胡杨，大多也已伤痕累累。

但是，只要活着，就要长出叶子，把叶子铺在风霜里，敲打出一身尊贵的金黄。狂风，暴雪，尘沙……都不怕。新旧交替着长，左右突围着长。一年一年，十年百年，尝尽了苦难，也成就了巍然与明艳。英雄路，就是这样辗转，又豪情万丈。胡杨是树里的英雄。生而不死一千年，死而不倒一千年，倒而不朽一千年。

离开轮台时，在轮台火车站的候车大厅里，我又见到了一幅巨大的胡杨照片。照片里，胡杨依旧金光灿烂，只是，胡杨林旁边，有一弯蓝色的水域相衬。碧蓝的水里，倒映着胡杨金色的身影。碧蓝与金黄的完美组合，美得庄严而深情——照片里的胡杨闪耀着一种母性的光辉。

这也是轮台的胡杨，它们挽手并肩，连成树墙，抵挡风沙，抵挡着塔克拉玛干沙漠的北移。它像位母亲一样，温柔守护着绿洲，守护着家园，守护着一汪蓝莹莹的清水。

遇见胡杨，我就遇见了英雄；遇见胡杨，光芒就照进了我心。即使在多雨的南方，我仍告诉自己：你要活成一棵胡杨，要心灵尊贵，要无惧磨难，要有母性的深情与温柔，以惠及他人。

我与泰丰

崔玉松

泰丰于我，就好像地坛之于史铁生，地坛离他很近，泰丰离我很近。

从北京做完手术回来，泰丰是我唯一可以去的地方。化疗后的我，反应虽不像别人那样严重，但白细胞受到了严重损伤，打了两针长效升白针，血象离正常值还有一段距离，医生告诫我不准外出，尤其不能到人多的地方，非得出门的话一定得戴上口罩。家里实在憋不住了，照顾我的表姐说，戴上口罩吧，我带你出去走走，就这样，我来到了经开区新建的泰丰公园。从此，泰丰公园成了我的“地坛”。

早上九点以后，锻炼的人陆陆续续回家了，公园变得安静下来，我戴上帽子、口罩，在表姐的陪同下来到泰丰公园。太阳从厚厚的云层里挤了出来，紫色的马鞭花开得正艳，斑蝶、蜜蜂相约而来，在花间飞舞翩跹。我忘记了自己在病中，也忘记了医生戴口罩的医嘱，扯下口罩，举着手机，半蹲在花前，静候蝴蝶飘然落下，拍下一张张蝶舞花间的照片。褐黄色的斑蝶有些顽皮，手机刚对准它，它就翩然而去，逗得我花间来回奔走。蜜蜂不理我的多情，勤劳地在每一朵花间收集着花粉。蝴蝶的顽皮终于把我弄得满身虚汗，坐在花前的木凳上，才觉得木凳的贴心与踏实。

走过紫色的花海，迎接我的就是娇黄灿烂的金丝梅，小时候外婆家门外山坡上的野花移到城里，居然也开得肆意娇艳。左边新修的石拱桥弯着腰安静地横跨在河上，柳条儿多情地从桥廊上拂过，又轻轻地落在水面。站在桥上，阵阵清风迎面而来，所有的憋闷和忧虑随风而过，病痛生死在这一刻远远地离开，心境涤荡得清冽干净。

在这种静谧的指引下，我来到一条长满野花和苔藓的古桥，桥面修补过，但仍然难掩它的沧桑与荒凉。桥的一侧有一块高大的石碑，记录着这座桥的来历，“康熙三十三年，由南宁知县桂天申捐资修建”。原来离我很近的地方居然还有一座真正的古物。这座利众桥修建于康熙年间，修桥的钱不是政府拨款，而是知县捐资，我没有查证过这位知县是否是位清官，但愿意捐钱建桥的官一定会受人敬重。我从桥上走过，心里默默祭奠着这位叫桂天申的知县。人的生死有很多种，死后让人记起的不多，但只要能为人民做点事，哪怕只是一座桥，千百年后的人们依然会把他想起。

泰丰公园依河而建，既保持了它原有的风貌，又加入了新的元素，绿是公园的主色，紫色、黄色、白色、粉色是它的点缀，构成一幅静谧的水粉画，垂柳、梨树、桃李、樱花、海棠、芭蕉在密密的花海中默默站立，呵护着花的温柔与美丽。

傍晚时分的泰丰又是另一番景象，吃过晚饭以后的人多了起来，公园里的几个小广场成了大妈们跳广场舞的地盘，她们任意地扭动着不再婀娜的身姿，跟着节拍陶醉在音乐里。周围或站或坐，围满了人，出口处还有挑着篮子卖梨卖桃的农民。只要有了合适的地点，就会变得热闹起来，泰丰公园没有修建的时候，这里空寂无人，每次我开车经过，从来不会向窗外瞟上一眼。泰丰公园的修建，让周围的居民变得熟络起来，他们聚在一起，张家长李家短，聊天锻炼，人与人的距离似乎瞬间近了起来。

这时候，我会选择另一条路，从红色高拱的花架下走，这里人少，紫藤花正在努力往上爬，雨水滋养后的枝蔓蹿得很快，一天一个样，昨天才爬到花架半腰，今天已爬到头顶，爬得快的，还没来得及抓好花架，就从头顶伸下柔嫩枝条，在晚风中轻轻摇晃。我担心粗糙的人弄断了它柔嫩的蔓条，每次遇到总要踮着脚尖把它们顺在花架上，让它们找到安定、找到依靠。这条路在公园的高处，离河较远，视线开阔。两旁除了藤类植物就是梨树、桃树，这些是原来的土著，看得出这里曾经是个果园，这条路直插南小线，却并不进南小线主路，而是在接近南小线的地方又随着坡势往河边下移，回到河边，循着薰衣草的香味回归主路，重新走回公园出口。这样一圈三四公里的样子，不用走回头路，既欣赏了不同的美景，又达到了锻炼的目的。

从北京回来至今，只要天不下雨，我每天都要到公园散步，开始的时候我得休息两三次，现在我已经可以一口气走一圈。公园的花开开落落，已经换了几种。马鞭草开始枯萎，薰衣草也结满了籽，倒是葱兰，开得最旺，一片一片，就像落在绿毯上的星星，洁净而耀眼。我天天在园中，看着它们从蓓蕾到盛开，最后到凋谢，有的结出果实，有的灿烂一季，然而无论怎样的一生，它们依然绽放，不急不躁，不悲不喜，开花的时候就努力绽放，凋谢的时候就心平气和地凋谢，无论生命长短，都开得那么灿烂而美丽。花草都不在乎生命的长短，只管守着自己的本分，做自己该做的事，人为何不能如此？

泰丰公园的花花草草、小桥河流，让我静下心来，将自己融进自然，从每一朵花、每一棵树上，看到了美到极致的灿烂，也感受到生命凋零时的伤感，我终于在惶恐和绝望中停了下来，像看待一朵花一样看待生命，我忽然觉得一切都没有那么可怕。史铁生说过："死是一件不必急于求成的事，死是一个必然会降临的节日。"那么我急什么，生死既然由不得自己，为什么不让生的时候快乐一些、轻松一点？

人的一生不会总是艳阳高照，也不可能常常凄风冷雨，既然遇到了，就该学会承受。病痛或许只是让我停下来，过滤生命中一些毫无意义的忙碌，让我懂得珍惜生命，珍惜生命中的每一个人，珍惜每一个走过的日子。

泰丰离我很近，它是在我生病之后才建好完善的，它是我的，也是别人的，但是泰丰于我，却让我在病痛之后变得安静，学会豁达，让我忍受痛楚，看开生死。

一个人的西港

宁红瑛

太阳挣脱云层往下坠，像胎盘剥离母体，缓慢而艰难。光芒逐步内收，抱紧，拢圆，颜色由明亮到浅红再到深红，最后血色一样。

潮汐似乎静止了，又似乎喧嚣着去了更远的地方。云层不知何时退去，天空从湛蓝到明亮再到青黛，成为落日不同的背景。

落日圆到圆满，红至通透，虚幻而又如此真切地挂在辽阔的海天之间，纯粹得难以置信，像一个传说。

“这是生命最后的竭尽所能，它照耀了我。”突然有一种热泪盈眶的感动，一个渺小生命面对盛大落日无法描述的幸福与哀伤。

一对夫妇面朝大海，相依而偎，他们似乎说着什么，似乎什么都没说。夕阳一点点漫过他们的脚背、膝盖、肩膀，而后停在他们的脸颊上。我看到了人间最美的愿景，我甚至看见了爱情，在黄昏日暮的西港。

我坐下来，坐在他们身边，落日不像在我的右前方，而是在我的心中照耀。我默默祈祷，我不知要祈祷什么，我只是双手合十。就在那一刻，我几乎原谅了光阴对婚姻的所有伤害。

是的，我来到了西港，独自一人背包，在三月的这个黄昏。

这片有着梦幻海景，三色沙质的海岛，当地人称它为西哈努克。西哈努克有两个岛，高龙撒冷岛和瓜隆岛。上岛之前，西哈努克城里的旅馆服务生操着和我一样半拉子英语的中文，指着墙上的地图给我介绍岛上的情况，他中途顿了一下，问我要去哪个岛，他翘起的兰花指刚好落在我要去的高龙撒冷岛上。

高龙撒冷岛和瓜隆岛像两个皮卡丘小精灵，在地图的海面上挥舞着小手相互对望，其中一个还踮着脚尖向另一个扮鬼脸。我莫名地笑了，服务生憋红了脸，以为我在笑他半拉子的中文。

悄悄驻足在高龙撒冷岛的海滩码头，西港以落日的盛大迎接了我，整个海滩梦幻得让人晕眩，美得让人忘记天上人间。金色的海面，金色的沙滩，金色的船只，金色的人们，金色的童话世界。

眼光穿行于各色人群的岸边，小狗逗着行人撒欢，沙滩上玩球的笑闹声荡着盈盈水花。海面随处都是欧美人的面孔，他们在充分享受日光和海水的恩赐，酒店吧台就在沙滩的落日余晖里，人们喝着啤酒看着落日，幸福得很。

一排排秋千立于沙滩，视觉效果像通往天上的云梯，那个秋千上的少年，披着金色铠甲，上天，入海，光影中有着蒙太奇动漫一样的奇幻。

岸上的红叶在风中飞舞，散落在沙滩和水面，像季节寄给大地的情书，也像西港这个季节特有的礼物。一切是那么的安静，一切是那么的欢腾。

落日慢慢掉入海面，光逐渐暗下来，潮起。河床运送着海水，向四面八方伸出灵动的舌头，直击，迂回，震颤，低吼着涌出堤岸，把一朵一朵的浪花掀翻，惊飞了堤岸上的鸥鹭。

人们开始陆续离开沙滩回到酒店。我和一个叫“笨笨”的女孩合住在海滩旅馆的大通铺，这是整座岛上我唯一遇见的黄皮肤同胞。一袭蚊帐是我俩和其他人分开的隔断，也是我们半私密的家，楼下有公共的卫生间和沐浴室。

这里当然也还有硬件设施高档的别墅和豪华木屋，拥有独立卫生间和沐浴室，还有空调，空调有别于我和笨笨大通铺上的电风扇，本质上都是一样降温，只是降温的声响有些区别而已。一整天都在沙滩上晒着、海水里泡着、吧台边坐着，就晚上回去睡个觉，除非钱多了要丢进海里，我觉得没必要太铺张，这不是钱的问题。当然，这也是钱的问题。

岛上除了零星的原住居民，还有一部分欧美人在这儿开旅馆。树洞旅馆、睡眠树旅馆、太阳岛旅馆、沙滩旅馆、帐篷旅馆……开旅馆的大部分是法国人，或者法团的后裔——法国殖民柬埔寨结束后留下来的那部分人，他们有着对柬埔寨生活的熟识，又懂得用法式的浪漫来经营生意。

也有一部分英国人，极少。比如今晚，我们住的海滩旅馆，就是英国籍的小姐妹开的，她们用融合多国食物的讲究来征服旅者的胃。比如今晚，我因美好食物而产生的美丽心情。

夜里似大雨敲门，也如小风击窗，清晨起来和笨笨捂嘴暗笑，没下大雨也没下小雨，是昨夜潮涨潮落浪花拍击堤岸，入了梦境。梦中万顷碧波，千帆过尽。醒来朝霞满天，我和笨笨沿着堤岸从西边的海滩走向东边的水域，像从她的童年穿过我的一生。一个敢给自己大好前程画休止符的女孩，一个为了远方辞职的女生，内心该是怎样的笃定与自信。

她说她不喜欢文科生，我说我喜欢你这个理科生，不矫情不发嗲的理科女生的旅行攻略有着智慧的性价比，给予我这个文科生理性的提醒和缜密的纠偏。在异国他乡路上，一个人背包，信息化提速的时代，我服她，我服老。

寄居蟹灵巧地躲避着我们移动的轨迹，在沙滩上绘出一幅又一幅的写意画，我突然“老夫聊发少年狂”，去追逐它们，在躲闪与追逐之间，我们和寄居蟹一起画沙画，和笨笨一起唱“还有一位老船长”。

黄昏时分，笨笨离开西港去了更远的远方。

走吧，我们都是路上的人，记得交汇处我们曾给过彼此一缕光。

我去了高龙撒冷岛背面的海滩，去寻找一个叫睡眠树的旅馆，那是我出发之前订好的帐篷酒店。去那儿的人必须从码头翻过丛林，高龙撒冷岛是一条狭窄的山脉，横卧于海上，那片丛林就成了去向神圣地方需要履行的一种仪式。

夕阳照耀着山岗，我的影子在风中轻轻摇晃，整个森林只有我，我有一种暴殄整片森林的不过意。万物在吟唱，它们的歌声有一种穿透灵魂的悠长，那是把时间拉深，把空间无限推开的舒缓，凸出地面的树根像童年的皮筋，让我上下左右翻跳。

在荒野，野花寂静生长，光影在树与树之间起伏，移动……

找到这个睡眠树旅馆，同样费了很多周折，没有网络用不了搜索引擎，依然是语言交流的障碍，我无法用英语准确表达酒店订单的详情，这种吃力已经延续了六天，从进入柬埔寨开始，从泰国中转落地签时开始，我有一种无力应对的抱歉。

吧台里伸出头来接待我的是具有欧美轮廓的小伙子，他看我比画时摇头或点头，和我一样的抱歉。后来他示意我坐下，用英语告诉我已经到家了，让我根据 9 美元的标准去挑一个沙滩帐篷，终于住了下来。感恩在有人性光芒的地方，让我无惧于任何无可预测的未知，每一个诉求都得到耐心解读，每一种不踏实都得到妥帖安放。

这是西港，我在柬埔寨的西部，一个叫高龙撒冷岛的海滩帐篷酒店小住了四天，学寄居蟹画沙画，学贝壳追赶浪花，学蝴蝶晒翅，跟着小狗漫步……身子躺在沙滩，灵魂随白云放牧。从太阳穿透云层的速度到降落的过程，从取景点的选择到构图的完美，我都不舍细节。

海边跑着几个小孩，都是日落时进入我镜头里的素材。他们每天早起，从父母清扫的垃圾里捡出易拉罐，存放于另外的袋子里等着卖钱。

今早在酒吧露台，其中一个男孩嘴里吃着的那块面包，是我昨晚嫌硬随袋子扔进垃圾箱缺角的那块，他本能地随手在抖那只快到嘴边的蚂蚁，突然看到我从对面走来，那块面包掉到了地上，他捡起面包以寄居蟹的速度奔跑，几米之外才停下来咀嚼。

第二天，我早起候着男孩到来，把一个干净的面包递给他，他跑了，以寄居蟹的速度。我没有去追，我把面包交给岸边的那块岩石，后来我看见他坐在岩石上边吃面包边看我拍照。第三天，我把面包搁在同样的地方，他没有来，第四天，他也没有来，我忍住没问他低头清理海滩的父亲，孩子去了哪里。

西港清晨的海是温柔的，它静静地依在礁石的臂弯，阳光洒在海面，岩石上的贝壳在慢慢移动，俯身去摸它，它像磁铁一样吸在岩面，把头又缩回壳里。我脚步一近，螃蟹就躲开，躲在阴凉的那一面，我走远，它们又爬到石头上晒太阳，我走近，它们又以极快的速度躲起来，像捉迷藏一样无法对焦。

还有很多龙虾在石头上爬来爬去，有极长的触须，之前我只是在餐桌上见过，我们都吃惊地打量对方又迅速逃离，我怕它的触须伸到我的脚上，它怕我的镜头伤害到它的触须。

我在礁石的缝隙处捡拾塑料袋、易拉罐，我把那些眼睛容不下的白色垃圾送到岸上的垃圾桶。我借此来来回回观察，伺机拍照。沙滩上的蟹长成白色，海里的蟹长成红色，礁石后的蟹长成褐红色，每一种蟹都有自己的保护色，就像我们以不同的身份混迹人世。

黄皮肤黑眼睛的我通常是用传统的泳衣把自己包裹严实，连脸都用帽檐遮起来。而那些白皮肤的欧美人穿着泳衣就这样躺在沙滩，就这样进入海里，几个小时，一天，两天，阳光热烈地抚摸着他们每一寸肌肤。他们在水上旋舞，蜻蜓踩水、蛙泳、蝶泳、浮潜、追逐……在这儿，中西文化与习惯的迥异，不断打开我认知的维度。

那个满头银发的老人随潮起潮落的节拍在海水与海滩之间不停地奔跑、嬉戏，嘴里叫着一些童年时说过的词语。老人的裙摆在水里开出一朵一朵的浪花，浪花一朵碰碎另一朵，调皮极了，此时我镜头里看见的，分明是一个少女。

傍晚，我赤脚沿着海岸线行走，浪潮席卷着浪花，怒吼着一次次扑向我，像母亲怒吼着一次次扬起鞭子，又轻轻落下，我喜欢靠近欢乐，也珍惜痛苦的爱抚。

躺在沙滩，望着无涯的海面，灵魂随星辰放牧，月光，沙滩，海浪，除了仙人掌，都如歌曲一般在唱。透过挽歌般安详的风浪，寻到一种难得的宁静与温馨，如兰花般晶莹。

我只带着自己来，没有孤单，没有不孤单，脑子里有一根弦，我脑子里通常只有一根弦，弹不出五色的琴音，但为了这美妙的夜晚，我想成为自己的海上钢琴师。

海面上，一直泊着一艘船，没有人知道它停留了多久，没有人清楚它的主人是谁？去了哪里？就连原住居民也说不清它的由来，没有人去移动它，它就像长在这里的一棵树，钉在这里的一个桩。白天运送日月，晚上装满星辰，天天复天天，它等待着每一天，像在等它的主人，抑或是我？

太阳升起落下，河床日夜运送着海水，也运送着岛上补给食物的船只。我固执地认为每一天的朝阳和落日都是不一样的，它要告诉我的意义也不一样。我每天都在等待，每天都在送别。

阳光一点一点漫过海面，漫过沙滩，这片海域又沐浴在金色的世界里。金色的大海，金色的沙滩，金色的童年。在西港，就连寂寞都是金色的。

当我再穿过丛林回到码头，去告别那两个有着吴哥式微笑的英国姐妹，还有那道叫汤姆山药的汤。回来已是故友，一杯薄荷水是岛上给朋友最诚挚的欢迎，女孩以沙滩的温度拥抱了我。路上，我们识人也被人识，不管美好的人还是美好的食物，他们对于旅途上的我来说都有治愈的作用。

每次出行我都像带着渔网去海边，把捕获的鱼虾放进篓里，杂草剔出来扔掉，鱼篓满不满没关系，没有鱼虾也不要紧，我带着如贝壳一样玲珑的心回程。

流水和石头的细节

曹洁

青草蔓延的城墙垛上，从北向南走，左耳流水，右手阳光。风从水上来，自东而西，吹出老城自西而东的暖。一些有关石头的细节，被阳光和流水轻轻唤醒，一座千年古堡，欣欣然张开了眼。

靠近石头，就靠近一座妩媚前世今生的老城：陕北吴堡石头城。

站在西山梁上远望，石城如沉睡的老人，躺卧在吴山山巅。他头枕黄河，环山抱水，以石为骨，以水为脉，滔滔大水灌耳，该醒则醒，该睡则睡，醒着老城的夜，睡着老城的昼。城堡北门，是他吐纳山水的咽喉，衔远山，吞长河，一夫当关，万夫莫开。他展阔的额际长满盛夏的葱茏，绿着一座石头山城明亮的眉眼；他健硕的双臂有力地划出两道深沟险壑，悬崖峭壁，临山为堑；他庞大的身躯，自北而南，延伸着骨骼，以石头的温度，一节一节地生长，携带着典故和传说的日升月落，汇入滚滚长河，通往过去，走向未来。

望北门而入，这座曾经的军事城堡式门洞毫不设防，敞怀大开，一块块锈红砂岩，红出沧桑岁月的色泽。满怀虔诚，头顶着“望泽”两个汉字的恩典，流水在耳际轰然响起。我像鱼儿一样，浮游于一条长长的南北城道。石头很老了，石头城却不老。他从五代北汉而来，穿过宋元明清，千年光阴，光阴千年，石头未变模样，石头城却一直在长，长成寨子，长成城邑，在五代北汉的根基上，开出大宋的枝叶花朵，结出元明清的丰硕果实。这是老城天赐的福气。

新雨刚过，水汽氤氲，老城坐在水汽里，湿漉漉地笑，隔世的光阴也湿漉漉的。嗅着泥土与草木的清香，我们沿着西城墙根环走，黄土夯成的土墙外围，石头垒砌，一层一层，生了根。石头们不说高低，不分先后，排成一列，围成一周，环绕着老城的每一寸土地，风来雨去，霜消雪融，不争朝夕。夏草从砖石缝儿长出来，像是老墙滋养的孩子，一个个绿葱葱的，依附着老墙，又挣脱着老墙，四肢舒展，相依在风中。

数不清的石头端坐在城墙头，也安卧在城墙根。它们密密地挨着，挤成一体，不分不散，一些隔世的往事正在石头上雕刻时光。走着走着，石头缝里就钻出桃花，烈烈燃放，艳如桃花的邻家姑娘，就要出嫁了；走着走着，满天就飘起了雪花，我的喉间紧紧含着一首古老的诗："昔我往矣，杨柳依依。今我来思，雨雪霏霏。"可惜啊，我布鞋的层叠，走不出诗歌的意境，又怎么走得出老城绵长的前世？

一步一步，舒缓地走，也弹跳着走，走出土地的平坦或起伏。细数着老县衙、衙神庙、城隍庙、燃藜处、圣母祠、兴文书院、贞节牌坊等遗址，掌心的纹路，盘根错节。神庙前，一口古寺晚钟悬于晴空，轻轻叩击，訇然而响，雄浑苍凉。悠扬古朴的钟声，唤醒了地上的古迹，也唤醒了地下的文物，唤醒了一代代城堡的主人——夯土石城墙、窑洞四合院、衙神庙，抑或读书典故、兴办新学、掌故人物。从远古的经典到新时代的文明，全都应和着钟声而醒，它们以惊异的目光，重新打量着石头城今世的陌生和繁华。

一条长长的南北二道街坊也醒了。

这是一长排元明时期的老窑洞，十几孔窑洞，就像一排灯笼，燃着昨日的烟火气，虚幻而静谧，古老而切近。虽然被岁月风啸凿空了身躯，却有活着的心脏，砂岩灼红，藏着过往的繁华与现今的沧桑。它们以石头砌成的模样，好好地活着。古人不在了，古人的说话声却藏在石头的心脏，石头以隐喻的姿态，为他们活着。

一孔一孔走过，客栈、饭馆、杂货铺、棉布店……我能听到某一孔窑洞中货物交换的声音，窸窸窣窣。闹市街口，商贾云集，络绎不绝，买卖如常，驼队逶迤，带来繁华，留下安宁。盈盈草木，绿成岁月的意象和意境，盛装着往昔的故事。隐在盛夏的葱茏，我看见旧时光的端庄与风雅，如落英缤纷，一半沧桑，一半繁华。无边好的月色里，一个个片段，既平常又丰富，既单薄又富饶，既宁静又热闹。很多年过去了，他们一如既往，过着每一个日子，过好每一个日子。

城堡中心，一座偌大的院落中，几孔空窑洞成了留守古碑的文物府库。我们小心翼翼探入一孔老窑，屏息而立，与大块的石头们一起缄默。一通通古碑，立在黄土地上，躺在黄土炕上，面容沧桑，风骨犹存。碑上汉字，横平竖直，笔画刚健，风神潇洒，端坐在石头饱满的胸膛，若一个个远逝的古人，讲述着城堡的历史沧桑。这些方方正正的汉字，不是凝固成静止不动的史诗式片段，而是动态展示着石头城前世今生的编年史。一块块碑石就是无限时间内的一段段史实，这时空交错的痕迹，无法用“朝代”“兴衰”“古老”等词语表达，只能以铿锵石头之声，传递老城悠远古老的信息。

院内，一座石磨，圆圆的，密封了五谷的清香。磨是阴阳合一的神物，曾经以石头的硬度旋转着一个家族的盈实，如今，人去院空，只留磨香。天被移走了，地裸露着，等待着另一个轮回，阴阳相合。我蹲下来，以手抚她的脸面，微笑着，悄悄告诉她：“你看，他还在。”一对可爱的小石鼓，原本是紧挨着的，如今分散了，也没散出这个院子。

兴文书院还在，长满青草的院落，宋时明月隐入岁月深处，泛出璞玉一样的光泽。草木成眼，染成隔世的意境，一穿过月亮门，就走入一场旧时光，书声四起，琅琅而明。恍惚间，自己成了坐在民国学堂里的学生，摊开洁白而柔软的纸上时光，一日一夜，清明如月。

还有那座溢满尘土的小神庙，密密的石头缝儿是泥土黏合的，粗糙的土坯墙是泥土抹光的，微润的泥土味儿混合着远古的气息扑鼻而来。破败的墙壁上，大汉正盛，车马喧腾，高祖出巡，左右两侧，萧何手把竹册，曹参仔细斟酌，可惜尘土在眼，兴衰已然，空留一面黄土，半壁江山。一幅幅壁画，活生生地讲述着一段又一段恍若隔世却又近在眼前的典故，纤细的蓝线条，记忆着一个王朝的盛大与衰微。轻轻抚摸着即将剥落的旧影，一些陌生而熟悉的人物，从时光缝隙里，悄然俯视。

青草蔓延的尽头，一座座老屋默然相待，一道门缝儿，散出永世的光芒。草的绿遮住了沧桑，石头门墩，安坐两侧，石上雕花，细腻如手绣。主人不在，阳光在，青草也在，它们是老屋的孩子，春夏秋冬，依序而长。从这个意义上说，这座石头砌成的城堡中，一孔孔窑洞就是老城的孩子，也是老城的主人。我来，或者我去，老屋不语，安之若素。

安之若素的，还有俯卧草丛的两只石狮子。它们原本守护在城隍庙前，那场战争的炮火中被迫移位。烟火中，空气被划开一道道口子，石头的躯体轻盈升起，沉重落下，以面贴地，沉入安眠。我扒开密密的草丛，去看它们，一东一西，两两相望，一雌一雄，不离不弃。狮子是草原的王者，不管世事风云，不厌其守，守着老城石头一样坚硬的魂脉。

黄河水上，坚不可摧的东城墙已成断壁残垣。一段仅存的女儿墙，就要散了骨架，石头的沧桑被河水殷勤抚摸，抚出柔软的记忆。小小的瞭望口，方方正正，如一道灼灼目光。东西两岸，隔河而居，此岸是秦，对岸是晋，你望着我，我望着你，秦晋之好，风生水起。

坐下来，坐在青草蔓延的城墙头，石头的温度如常。目光如云，浮在河水之上，渡到对岸的军渡。军渡早已不是渡口，渡口的故事却在水上沉浮，代代相传，亘古不老。

晴空之下，石头骨架撑起南门“重巽”的传说，每一条石缝都饱含着血肉，不分三生，只说坚韧。“重巽”端端正正在眼前，如一个昂立的北方男儿，将古城的要塞遗风展成一面石头锦旗，迎风猎猎。“重巽”之语，最早源于一个占卜者精巧的舌尖。他手持卜卦，紧闭双目，念念有词，一串咒语将深藏的玄机吞吐成一道指令。这指令被镌刻在石头上，镶嵌于城门之端，一笔一画，横平竖直，象形了浩大的人类内部精神宇宙——巽。古语云：“巽为命令。重命令者，欲丁宁也。”“巽”古同“逊”，有“谦让恭顺”之意，古人“重巽”申命，只为谆谆叮咛，而成民风。

出重巽南门，一座空空瓮城盛装着明朝的盛气；城门上“石城”二字，刻出清朝的月光。站在时光之外，一段段旧影婆娑起舞。只要石头还在，吴堡老石城就有存在的明证：西门明溪，是老城的一双盈盈明眸，一川溪水，拥山而清；东门闻涛，枕河而眠，一河波涛，敞怀吸纳；北门望泽，向北悬浮，一峡之水，润泽不枯；南门重巽，以石头之重，谆谆叮咛，不为违逆，教令乃行。

从第一块石头落地，石头城就在水上生了根。吴儿堡、吴堡寨、吴堡城，这些古老而年轻的名词，就是老城年轻而古老的容颜。这绵亘数公里的城堡，是黄河水上不老的家园。每一道山梁、每一条峡谷、每一道褶皱，都深藏着数不清的万古之谜。无须探问石城营建于何时，也无须深究这里的子民从哪里走来，殊异的语系已然隐喻着遥远而亲切的血脉。

一对老夫妇是留守石城的最后遗民，相携相伴，守着老城的光阴，日月轮回，他们也轮回。石头守着窑洞的院门，守着土炕的边儿，守着石头和流水的城池，固若金汤。站在他们清如流水的目光里，我的嘴巴和老城的石头一起缄默，只有黄河水，有情有义地流淌，一日又一夜。

石头之外，是泥土的世界，沃土之上，枣树成荫。一棵又一棵老枣树，种在石城的胸膛上，结出一年又一年的青娃娃，累累枝头，等着红。也许，我们都是石头，都是老城的孩子，看看她，也为看看自己。站在城墙垛上，只一转身，相伴多年的木镯，身分两端，脱我而去——一半留给石头，一半留给流水。

北风呼啸中的娘

蒋建伟

大雪弥漫，没有天，没有地，更没有一个完整的早晨了。

北风呢，就像永远也喂不熟的老母狗一样，谁现在喂它，它就听谁的，一只跟着一只蹿出院门，“嗷嗷嗷”叫唤着一路跑去，围着村子叫，围着驴叫，朝着远处自己的回声叫，没了魂似的叫，和大雪撕扯成团似的叫，嗓子哑了也非要拼命地叫，瞎叫。呵斥它两句，就识相地停顿一下，还继续叫，匆匆忙忙里偷声大叫，这一声，下一声，一下一下，往每一个人的心窝里戳，短、快、狠，就像小孩不见了娘一样，光知道哭，大嗓门、不流泪的那种哭，干哭，假哭，一直哭到自己睡着了，连自己都听不见自己的声音了，还在哭。

这架势，好家伙，不要命了！它们是想合伙把一个人叫醒、吵醒，直到把人从被窝里激将出来，才摇着尾巴跑回来，屁颠颠地要吃要喝，要主人狠狠拿脚踹它几下，才死心。

大雪堵死了门，两扇堂屋门冻在一起，门缝好像是用水晶做的一样，比硬邦邦的石头还硬，怎么也拉不开。娘拿了一把斧子，递给了爹，爹沿着那道水晶似的门缝砍，上上下下，细细密密，使一下劲儿，就是一道白印儿，再一下，还是一道白印儿，砍着敲着，目标总不是那么准，后来一生气，就把斧子扔给娘。娘砍得更不专业，横一下，竖一下，一会儿偏了，一会儿又偏了，道道好像老汉脸上的皱纹。我们裹紧被子，集体探出小脑袋看热闹。娘忽然停下来，顿顿手里的斧子说："你们看，一斧子下去，红门帮子上就是一道白印儿，像不像谁不要脸时候的样子？"我们"哈哈哈哈"地笑起来，可是笑着笑着，就再也笑不出来了，谁不知道呀，娘这是在指桑骂槐呢！老大高声问："娘，你是在刁骂谁呢？谁懒谁勤快，你说说？"娘有一声没一声地说："谁懒谁勤快，谁自己知道！我又没有说你们睡懒觉是不要脸，你瞎猜个啥？"

我从床上蹦下来，叉着腰质问娘："就是就是，你说说！快说！"娘忽然变哑巴了，只是闷着头一个劲地砍水晶门缝，一下下，一阵阵，一排排，一行行。"啪"，两扇门突然打开，一团白乎乎的东西忽然一头撞进堂屋里，立定，大模大样地抖了抖身子。一股子逼人的冰气扑了我和娘一身子，可关键是，我是热腾腾的光身子呀。所以，我和娘不约而同地伸出了脚，娘踢了一下，意思是想叫狗出去，狗理都不理；我也踢了一下，可是当光光的脚丫子一挨到狗身子，那只红脚丫立刻就变成了白脚丫，连哭爹喊娘都来不及了。

我捂着那只脚丫子，一蹦一蹦地上床去找被窝，钻进去，半晌，才惊魂未定地感慨："这狗，哎呀，这狗呀……"

娘明知故问："这狗咋了？"

娘跟他们一起傻笑起来。

狗大模大样地伸了个懒腰，抖抖身子，雪抖了一片，面对着大门口，一屁股坐在堂屋正中，雪花的寒气四下升腾，然后一拐弯，集体往我们的被窝里钻，一丝一丝地钻，像极了医生的针，细细长长的针。大姐探出头去看了看，说：“是狗屁股下的雪花化了，湿了一屋子，但，没有刚才冷了。”娘说：“再睡也睡不着了，都起来吧！”我想想，娘说的也对，再睡就没啥意思了，干脆起来算了，于是就“腾”一下钻出来，开始穿衣裳，顿时，一股子寒气直往身上扑，身上仅存的热气全跑完了，剩下的就是冷，冰冷，上牙下牙乱打架的那种冷。好在我穿得很快，棉袄棉裤、秋衣秋裤齐上阵，棉帽子一戴，“扑通”，跳下床去，直到这时候，我才感觉身上的热气又回来了。堂屋里好热闹呀，有鸡，有鸭，有狗，还有麻雀，“咯咯嗒嗒”“嘎嘎嘎嘎”“叽叽喳喳”，好像赶集似的，只有狗没有叫，伸出鼻子拼命在闻一滩冒着热气的鸭屎，考虑着自己是吃好，还是不吃好。连鸡鸭狗都知道，大雪天，屋里再冷，也要比外头暖和。

我瞅瞅屋里，没有发现爹，就问娘：“俺爹上哪去了？”娘正在院子里扫雪，停下了手中的大笤帚说：“恁爹逛集去了，才走，得晌午才能回家。你冷不冷？”我知道娘是故意让我回答“冷”，然后好动员我和她一块扫雪，就没好气地回答：“不冷。”娘一下子被我的答案逗笑了，撇撇嘴说：“不冷？不冷是瞎话。”我对娘说：“我知道你问我这话是啥意思，我就不想扫雪，你想怎么着我？”娘说：“好好好，你不想干活就别干了。但我丑话说在前面，等会儿你冷了，可别怪我没有提醒你呀！”正说着呢，我鼻子一酸，“阿嚏”，打了一个响响的喷嚏，娘这下子终于抓住理由了：“你看你，算我猜准了吧？不听老人言，吃亏在眼前，赶快出来扫雪吧！你看看我累得，浑身冒热气啊！”我没有退路了，只好揭发别人说：“娘，你怎么不让他们扫呀？”娘说：“咱不管他们，等扫完了雪，咱们俩到尚店村走亲戚去吧？”我高兴地回答道：“好！”说着，就走出门去。

雪还在下，没有想停的样子，雪花的花瓣似乎没有昨天大了，稍稍带了一点点风势，不过不算大。我抬头看看天，又疑惑地看看娘，问：“下雪扫雪！这，下着扫着，扫着下着，到啥时候也扫不干净，咱们扫它干啥？这不是糊弄人吗？”娘不以为然地说：“它下它的，你扫你的，不想扫，冻死你个小鳖孙！”我想想娘说的也对，不再和她理论，就势操起一把小笤帚，“吭哧吭哧”扫开了。

大姐二姐也起来了，她们乱笑话我和娘，说我们俩是神经蛋，扫雪得等到雪不下了再扫呀，现在慌张个啥？娘朝我挤挤眼睛，示意我别理她们。“哼，不扫雪，有她们好果子吃。”果然，两个人开始感觉到冷了，跺脚，搓手，“哧哧呵呵”地在雪地里蹦着，娘让她们赶快上堂屋里去，省得冻着了，她们谁也不听，仍旧在雪地里蹦着玩，蹦着蹦着，老大老二就玩起了打雪仗，堆雪人，把我和娘辛辛苦苦扫出来的雪弄得满院子都是，白扫了。我气得把小笤帚一扔，“腾腾腾”进了堂屋，娘也不扫了，拎了大笤帚进了灶屋。不一会儿，从灶屋烟筒里冒起了炊烟，又过了一会儿，娘支棱着黑乎乎的手说：“饭做好了！吃饭了！吃饭了！”二姐问：“啥饭？”娘说：“红薯茶，上边馏的红薯，快，热乎乎的！”我说：“咋又是红薯呀？”但，我们的脚步却都向灶屋方向移动。

已经腊月二十六了，快过年了，家里还没有一点过年的迹象。

吃完了早饭，实际上已经九点多了，爹还没有赶集回家。娘对我们说："老大老二，你们在家守门，我跟恁两个兄弟到尚店村走亲戚去！"大姐说："守门不是有狗吗？叫狗在家里守门，我们也去！"娘眉毛一扭说："去啥去！等正月初五你们再去尚店村走亲戚，瞧恁太姥姥。今天，我们去！"显然，大姐二姐嘴里嘟嘟囔囔着，一百个不同意，但也没有办法，只好默认下来。小弟弟高兴得一蹦三尺高，一个劲地喊："我要走亲戚了！我要走亲戚了！"气得二姐拿眼狠狠剜了他一下，一字一句地说："去吧去吧，冻死你！冻死你！"小弟弟想跟二姐吵架，被娘拦住了，慌忙扯过我和小弟弟就去换鞋，我穿草鞋，小弟弟穿棉鞋，看样子，雪路不好走哇！

我们热情万丈，一推院子的大门，一股小北风裹挟着一团雪，"啪"的一声打过来，呛得我们半天没有说话，从头凉到脚，哇凉哇凉的。小弟弟说："娘，我不想去了！"我也说："我也不想去了！"娘却说："不想去咋弄？我们准备跟恁舅姥爷借钱呢，借不到钱，今年过年喝西北风呀？"小弟弟说："我不喝西北风！我想吃肉！"娘问我："你呢？"我吸溜着鼻涕说："我想啃肉骨头！"

娘点点头，一左一右扯着我们俩，迎风往大路上走，一点也不怕冷。我们也学着娘的样子，迈开小步，也不再怕冷了。

出了村口，北风比刚才更厉害，打着呼哨儿，打着旋儿，一把，又一把，撕扯着后路上的一切。北风把一条后路刮得光溜溜的，把积雪都刮到路边的沟里，露出硬邦邦的地皮，比我和娘用笤帚扫的都干净，它可真厉害啊，把路上的大人小孩都刮跑了。我看见，后路两边的桐树杨树上，挂满了雪花，而且很多雪花已经融化了，融化了的雪水还没有来得及落下，迅速就被冻成了一根根水晶似的冰棍子，每一根都有二三尺长，风扯一下，树枝和树枝就开始打架，“乒乓扑通”“稀里哗啦”，冰棍子就摔在地上，摔成了一小截一小截的，好像一颗一颗透明的扣子，堆积在树根底下。我走在娘和小弟弟的后面，胡乱从地上捡了一颗，拿到舌头上舔了舔，凉凉的，一塞进去，滑溜溜的，不甜，不咸，没有一点味道，但觉很有意思。

我叫住小弟弟，给他也捡了一颗，他一脸的怀疑，想吃，又不敢吃，我一边把冰扣子嚼得“咯嘣”乱响，一边满不在乎地对他说："吃吧，这东西，怪好吃哩！不信，你看我……"话没说完，又捡了一颗塞进嘴里，很夸张地嚼呀嚼，吸溜着满嘴的口水。这次，他信了，也捡了一颗，盯了一会儿，刚要往嘴里面塞的时候，被娘一把打飞了，娘说："咦，吃这东西干啥？你不知道吗？这东西是老天爷尿的尿呀。尿，啥味儿？你们想想，多臊气啊！"我把娘的话品味了半天，嘴里说不碍事，但早已经疑云重重了，等到再捡起一个冰扣子以后，我并没有立马塞进嘴里，而是两眼紧紧盯着它看，越看越不对劲儿，冰扣子也不那么纯洁了，透明的样子也不像水晶，总感觉不再是一种纯洁透明的白色了。那么，它像什么呢？我问小弟弟，小弟弟摇摇头，说："我也不知道，要不，你舔舔？"我拼命咽了一口口水，清了清嗓子眼，小心地伸出舌头，刚刚探了个头，突然又缩了回去，小弟弟拿眼神骂我是胆小鬼，好在他没有说出来。我心一横，直愣愣着伸了出去，舌尖果然舔到了冰扣子，仍然是原来那个味儿，一点也没有变化，证明是娘在诳我们呢。我说："没有啥味！真不像尿！"小弟弟不信，拿过来自己也舔了舔，哈哈一笑说："哥，好像有一点点咸味儿。"我慌忙抢过冰扣子，又很不放心地舔了两三下，感觉小弟弟说得对，里面就是有一点点咸，感觉冰扣子不再是宝贝，反倒像一颗定时炸弹，赶紧往外面扔，扔得远远的。扔完了，我长出了一口气，偷偷看了看小弟弟，小弟弟正幸灾乐祸地嬉笑着我，再看看娘，没想到，娘早就走到大前面去了。我慌忙拉着小弟弟往前跑，可是越跑越感觉草鞋变沉了，就像两块小石头，但我也得咬着牙跑，满头大汗，到了后来，小石头变成了大石头，等到我感觉比大石头还要沉的时候，终于撵上了娘。娘回头看看我们俩，问我们："是尿吧？"我面无颜色，小弟弟却使劲点点头。这个家伙，哼，像狗，喂不熟！娘正正经经地说："那，我们好好赶路吧，照你们这样三心二意的速度，等到天黑，也别想走到尚店村！"我们俩一听，走得慢死了，泄气了，倒霉了，走不动了。娘很烦人，催命鬼似的催，拿她的速度来衡量我们，老天爷呀，我们可是小孩子啊！娘不管，继续催，娘说我们的命是她给的，所以啥事都得听她的，这叫什么话！

北风开始猛了，抱着雪，一股儿紧跟着一股儿，前后脚，走近你，冷不防一砸，赶快跑，你想想，一团团的雪花呀，就这样，把你搞成一个移动着的雪人、分不清鼻子眉毛眼的雪人、哈着热气的雪人，你说气人不气人？关键是，凶手继续逍遥法外，还时不时地挑逗你、激将你一下，再跑开，再激将，再跑，专捡你的软处点，三分力，七分痛，再跑，一路小跑，倒着身子跑，放大着一张看你笑话的脸，不断地激将你，激怒你，直到把你激怒成一只咆哮着无处报仇的狮子，它再恶狠狠砸你个半死半活，最后，一溜烟似的跑掉了，无论你怎么撵也撵不上……

远远地，就看见杨营村的影子了。从后路上看，杨营村有三条路：一条往西，通往村西头，路后来消失在庄稼地里，再往西，就是一片小水洼，小水洼的西边就是我们村的地盘了；一条路往南，平常卖豆腐的赵疙瘩小舅就是从这儿出村，每天早晚两趟，能卖四五个大豆腐；一条往东，直直地通向龚庄的后园，一副套近乎的殷勤相。其实，我们对杨营村之所以那么亲，是因为赵疙瘩小舅，其实赵疙瘩小舅根本不是我们的亲舅，而是蒋娃蛋的亲二舅，排行老小，所以叫小舅，我们之所以也跟着他叫赵疙瘩为“小舅”，是因为赵疙瘩的豆腐做得真好吃，香喷喷，筋道，热乎，我们都想在买豆腐时多占他一点便宜，结果他一进我们蒋寨，全村十岁以下的小孩都跟着蒋娃蛋喊“小舅”，叫得那个亲呐！小孩这么叫，小孩娘可不买账，只要一听见小孩叫“小舅”就打，弄得赵疙瘩挺不好意思的，就趁机求情，小孩娘不理他，继续打，赵疙瘩赶紧割下一大块豆腐，捧到小孩手里，实心实意地劝小孩娘，哄小孩，然后再卖豆腐，头脑活得很。不料后来，几乎所有的小孩娘都学会了这一招，都当着赵疙瘩的面打小孩，可是，赵疙瘩多精啊！他是做生意的呀！他傻吗？后来，他的豆腐就谁也不白给了，就有人骂他抠门，鼓动着小孩叫赵疙瘩为“小舅儿”。你别看加了一个“儿”字，但那口气就变成了骂人的口气，“小舅儿”在当地方言里就是“拐舅”的意思，“拐舅”就是指“潘仁美”，“潘国（拐）舅”就是宋朝皇帝的西宫娘娘的亲爹，专门狗仗人势、祸国殃民，陷害杨家将，这意思是骂他赵疙瘩跟“潘国（拐）舅”一样坏，叫得赵疙瘩敢怒不敢言，干吃哑巴亏。在杨营村的路口，我在雪地上用树枝画出了几块积雪，就像赵小舅儿拿刀切豆腐似的，然后给小弟弟看，问他像什么。小弟弟看了半天，也没有看出来什么，干脆从裤裆里掏出了家伙，尿了几个圈儿，小弟弟说："哥，你看看它现在像不像绿豆丸子？"我正要教训他，娘怕我们饿，就故意岔开话头说："像啥绿豆丸子呀？像棉花！你们看，龚庄的弹棉花房快到了——"

我们看见，东边的大马路上一片雪光，文庄龚庄，好像两只癞蛤蟆似的，一个南，一个北，正趴在大马路上。等到再看第二眼的时候，一阵旋风般的雪雾扑过来，碎碎的雪粒儿打在脸上身上，钻进眼睛耳朵里，我发现自己已经冻木了，头不是自己的了，耳朵不是自己的了，手不是自己的了，浑身上下都没有了感觉，再看看娘他们，也没有什么表情的变化，估计和我一样。风稍稍松了一点点，我察觉耳朵里沙沙涩涩的，全都塞满了，估计是雪。冷到顶点，冷到不能再冷的时候，你会发现，你已经察觉不到什么叫冷了，感觉什么事情都可以坦然面对了。我把这个发现告诉娘，希望得到娘的几句夸奖，但是，娘却轻轻吐出了几个字："哼，这冷啊，才刚刚开始呢！"我和小弟弟都吃了一惊，看看天空的大雪，看看风雪中的文庄，有一种大难临头的恐惧，慌忙问娘：“那，那，咋办？”娘“嘿嘿”一笑说：“儿啊别怕，天塌不下来！万一想塌，有我呢！”我们这才放心，一边走，一边定定地往东边看，等候更大的暴风雪来临。直到走到文庄龚庄的村心，把弹棉花房都远远抛在身后了，暴风雪还没有来，我们看笑话似的问娘，问她怎么没有来呢，娘满腹心事，一言不发，我们就不敢再问她了。走着走着，我们先后尿了两三泡，肚子就尿空了，我们又饿了，想跟娘要吃的要喝的，但我们知道说了也白说，这人生地不熟的，娘上哪里给我们弄吃的喝的呀？为了岔开注意力，娘问我们：“你们的太姥姥做的啥饭最好吃呀？”小弟弟说：“肉。”娘一唬脸子说：“就知道吃肉！难道她老人家就不会做其他的吗？建伟，你说说吧。”我想了半天说：“咸糊涂，里面放的有薄豆腐皮丝儿，细粉，海带丝儿，油炸豆腐泡，还有小麻虾，可好吃了！我一口气能喝三碗。”小弟弟也抢着说：“我能喝两碗！”娘“扑哧”一笑说：“你们吹牛吧？你们知道他们家的碗有多大吗？告诉你们，一个碗相当于我们家的一个半！”我和小弟弟不吭气了，忽然，小弟弟又想起了一样：“娘，太姥姥家的馍也好吃，我一顿能吃两个，真的！”我补充说：“他们家的杂烩菜也好吃……”小弟弟跟着说：“对了，哥，还有油炸鸡块！”我还想说，娘打断话茬道：“好好好，他们家的什么都好吃对不对？那我们好好走路吧，只要晌午赶到尚店，就中！”听了这话，我们身上立马有劲了，一点也不饿了，三步两步地就走出了文庄龚庄。

文庄龚庄的东边三百多米是文庄桥，过了文庄桥再往东，是一正一斜两条路，正东的方向通向魏营和范集，往东北是一条斜梢子路，方向是霍营村，走哪条路呢？说句实话，连傻子都知道，走霍营村。可是隐隐地，我们判断暴风雪正从东北方向刮过来，估计势头不小，如果硬上霍营村，简直是在白白送死！怎么办？娘看看正东的路，又看看那条斜梢子路，犹豫再三，最后选择了当一回傻子，很简单，那条斜梢子路到尚店最近！我们狗屁不懂，只得像两只小狗似的跟在娘的屁股后头，勾着头，使劲把头往自己的脖子里缩，往娘高大的身后紧靠，娘为我们挡风，娘替我们挡雪，娘走我们就走，娘停下我们就停下。不一会儿，暴风雪真的来了，铺天盖地地来了，一路咆哮着来了，老虎下山一般，席卷了整个旷野，行人，河流，村庄，扯天扯地都是惊心动魄的白……原本，斜梢子路就很窄很窄，一不留意，我们的鞋子就陷进路边的麦地里，麦地其实也是茫茫雪地，雪有一尺多厚，加上麦地非常暄乎，一下子就埋住了我和小弟弟的大腿。往前再走，小弟弟几乎都陷进雪地里去了，吓得他大哭："哥——娘——救我呀——"我不比小弟弟高多少，属于泥菩萨过江，连自己都顾不了，但我还是拼命往那里挪步子，每挪一步，草鞋底子都要沾几层雪，而且雪越沾越多，尖尖的，走路像踩高跷似的，站都站不稳，没走几步，"扑通"，一只草鞋一崴，两手一张，整个身子好像一根刚刚出锅的麻花一样，拧倒在雪窝里。娘是大人，走得比我快，立马扑过去，双手拃住小弟弟的腰，像薅萝卜一样把他薅出来，一弓腰，就把小弟弟背了起来，方才摸着田埂，深一脚浅一脚地往前走去。

暴风雪中，看不见前面的路，只听见到处都是狗叫似的小北风。娘一边背着小弟弟，一边领着我，只能凭感觉往前面走。暴风雪一阵阵把我们刮得东倒西歪，总找不到那条真正的斜梢子路，我感觉一股子寒气往头皮上蹿，然后往全身各处蹿，更可怕的是，这种感觉不能往下想，一想，反倒更加冰凉，一股一股往周身扩大，像一头老虎似的一块一块撕咬你，咀嚼你，最后，只剩下你的一副骨架和一颗心脏，其他的，都吃光了。我快扛不住了，就央求娘说："娘，早知道今天雪这么大，我们就不上尚店了！娘，咱们回去吧！"小弟弟也帮腔道："娘，咱们回去吧！"我慌忙问娘："娘，咱们现在连斜梢子路都找不到，咋会儿上霍营村？咋会儿见到我的太姥姥呀？"小弟弟紧跟着问："娘啊，我们千万不能冻死在这里呀！"一句话，时间也仿佛死死地冰冻了，小弟弟已经吓哭了，娘阴沉着脸，我拼命控制着自己的眼泪，谁也没有说一个字。半晌，娘看了看四周，暴风雪旋转着，天地混沌一片，人最多只能往前看三五米远，还是找不到斜梢子路，娘长长叹了一口气，把反扣着的两只手使劲紧了紧，使劲把小弟弟的屁股往自己的背上托了托，继续一声不吭地往前走去。走在娘的身后，我忽然也变得坚强起来，走着走着，天和地就慢慢分开了，暴风雪就慢慢旋转向北了，慢慢地，就看清楚了斜梢子路和大路，看清楚了茫茫旷野，看清楚了远远近近的村庄。

一抬头，娘指着北风呼啸中的尚店村说："到了到了。尚店村到了。那不是尚店前面的那块纪念碑吗？我的老天爷呀，可走到地方了！建伟，四伟，记住，等会儿吃饭时肯定有肉，但是我先跟你们讲好，少吃肉，多吃馍！吃得别那么吓人……"

这时候，我们的耳朵里呀，风声消失了，雪声消失了，就连娘那么多的话，也全都消失了。

十八里雪路

蒋建伟

下大雪了，看不见黄昏，也看不见暮色如何一点点降临。雪路上，只留下一串深深浅浅的白脚印，还在延伸着。

我戴了像雷锋叔叔那样的棉帽子，帽檐下，两片帽帘儿刚好护住耳朵。脚上穿的，特别时髦，我们叫它翻毛大头鞋，踩起来“吱嘎吱嘎”乱响，鞋底还沾了不少雪，一只起码五斤重，小小的身子在茫茫旷野里一颠一簸地移动。汗冒着热气儿，把里层的衣裳都溻透了，棉袄的外头罩了爹的一件黄布褂子，雪花落在褂子上化了，又迅速冻上了，硬邦邦的，两个胳膊一甩，“啪啪啪啪”的，好像一个小兵马俑在走路。好在，寒冷渗不到身子，满肺腑里都是火热，让人浑身有劲儿，一点也不会感到冷。

雪，越下越大，我走着想，大得好像什么呢？鹅毛，是老师说的，不恰当，一朵雪花比鹅毛小多了！那大小，应该像小鸡的一片绒毛，可是，能说成“天上飘着鸡毛般的雪花”吗？想着想着，我自己都被自己逗笑了：鹅多肥多大呀！鸡多小呀！一只鹅的肉有二三十斤重，最少够四家人过年用的了；而一只鸡的肉呢，哼，恐怕不够一家人过年吃的。再说，一个鸡蛋能跟一个鹅蛋比吗？想它们干啥？假如过了寒假，我开学后跟老师和同学们一讲，他们准会被我“鸡毛般的雪花”逗得笑歪了嘴的，亲戚们也会小看我这个“小秀才”的，唉，这个比喻，想都不该想。

那么，腊月天里，下大雪像什么呢？此刻，远的村，近的树，平坦坦的麦田，孤零零的麦秸垛，我看见大雪把全世界都铺上了一层厚厚的棉花被子，万事万物都在被窝里，“呼呼……呼呼”，睡得好香啊！想到这个比喻，我都有些羡慕它们了。可是，扭头又一想，用“棉花被子”比喻的人太多了，有点俗气，能不能换一个不俗的让老师眼睛一亮？可是，什么最亮呢？我想了半天，后来就想起了太阳——我肺腑里的这个太阳，嘿嘿，“下大雪的时候，我怀抱一个太阳”，老百姓都知道，太阳就是日头嘛。小风裹挟了一股雪，盘旋在麦田里，使劲打着旋风，一圈两圈三圈，继续旋，直到把力气消耗完。小风刮在脸上，木木的，摸一摸，好像不是自己的脸似的。雪天就是这样，感觉可以改变很多，比方说我的胳膊呀腿呀，也不是我的，冻得硬邦邦的，像光秃秃的小杨树，站在土路两边。嘿，这么冷的天，它们还站在那里，傻得不透气了！可是，它们不站在路边，应该站在哪里呢？

不知不觉之间，从黄昏的镇中学出发，我已经走过了八个村庄，天完全黑下来了。天是白皑皑的，因下雪了，一直像大白天似的。可现实里，这还是在黑夜啊！人们都睡着了，村子远远近近，鸡鸭鹅牛羊马都睡着了，鸟雀们睡着了，一个静寂的世界里，只剩下大雪“噗噗噗噗”声，还有我“吱嘎吱嘎”的走路声，再没有别的什么东西了。

刹那间，静，一把抱住了我，紧紧地，好像一个许多年没有见面却说想死我了的亲戚，亲热得不得了，激动得说不出一句囫囵话。可惜，这种静很巨大，很虚空，很冷，天地人神皆空，令我不寒而栗。耳朵有些听不见声音了，我壮着胆子，“啊”了一下，根本没有什么回声，雪下得太大了，雪花把天地之间的空气都填满了，把偌大的旷野压得厚厚的，好像驼背老头似的“吭哧吭哧”地背着一筐柴火，那叫一个累啊，哪还有气力跟你打招呼？我抱住头，掀了掀帽帘儿，又“啊”了一声，这下子，我听见自己的回声了！虽然很短，急促，但很真实，不虚空，否则，我仿佛无声无息地被大雪吞噬了似的。

脚步慢了，身上的热气一丝一缕被北风抽走，开始还没怎么察觉，等察觉到了，热气早散完了，只留下一身冷冰冰的外壳。我下意识地紧跑十几步，果然，脚心开始出汗，发热，湿黏黏的，但浑身依旧是冷，小胳膊小腿很硬，伸不直溜，每个动作都显得很多余，冷啊，冷得整个牙帮子乱打寒战。从北往南，两条腿越走越沉，小腿肚子发胀，直直着走，不敢弯曲，非常机械性地走着，快走到高庄村的时候，我就想呀，要是碰见一个亲戚多好！是亲戚都亲，会跟我打招呼啦，问候啦，让我好一顿吃吃喝喝啦，哪怕安慰我几句，不管是近门的，还是远房的，都中！

希望越大，越没希望。走过了小蒋庄、大石营村，我连个麻雀也没有碰见。天这么冷，雪这么大，别说是人了，连麻雀都知道鸟窝里暖和，你想想，谁还会在雪地里乱跑呢？

快到小石营村了。远远地，一个黑点正向我迎面移动，近了一点点，是人，好一阵惊喜，啊，终于见到人了。

是一个背麦秸儿的农民。一条黑头巾绕着他的头，长长的，裹了几个来回，露出来两只贼溜溜的眼睛，让人认不出来，看不出年龄，好像是故意的。我高兴起来，跑代替了走，特别快乐，不管认不认识，想跑过去跟他打招呼。相反，那人走得缓慢，很迟疑，眼神有些躲躲闪闪，是不是他不想理我？我迎了过去，他迎面走来，跟我擦肩而过，快步，真快。我们有了五六步的距离，隐隐约约之间，我听见一个低沉的烟嗓子说："你是，建伟吧。"我很奇怪，他怎么知道我叫建伟，一下慌了神，忙问他："我不认识你。你说说看，我是哪个村的？"他说："蒋寨的。我不光认识你，连你爹我也认识。"没等我再问，他转身继续走了，也不过多解释，留下我站在原地，满脑子的问号、逗号和省略号。哎呀，这个家伙，也不知道他算老儿，干什么的，竟然知道我的大名，嘿，有意思，真有意思。走着走着，再一想，大雪天，他背了一筐麦秸儿干什么？临近年关口上，他们家没了柴火烧，没办法过年，他，难道是一个偷麦秸儿的贼？而且关键是，他认识我，别人抓住他的话，那人会不会诬陷我也是小偷？如果那样，会不会……我不敢往下想象了。

突然，一种巨大的恐惧感袭来，天，一下子通到地上，就像一口巨大的锅排子，就像奶奶拿秫秸莛子排的，“哗啦”，直直从头顶罩下来，让你来不及挣扎，就上西天取经去了。恐惧，丝丝缕缕地积攒，精神被一层一层压迫，让你喘不过气，无法正常呼吸。心，宛如一架中弹的飞机，努力攀爬上升，却总上不去，在云层里越飞越低，踉踉跄跄，最后，一头坠入谷底。

我只有一路小跑，大跑，再小跑大跑。凌乱的脚步声，挤满耳朵里的世界，像雪花一样落满天和地，驱赶恐惧，让心强大，空气不空。如此反复，如此反复而已。

直到我上气不接下气地跑到蒋寨村，跑回家里，一口气喝了两大碗“茶”，也就是白开水，方才缓过神来，大叫一声：“哎呀，我的娘啊！”然后，是我跟爹、娘和姐姐他们好一番讲述，也说起了那个贼。

听完，我爹神色平淡，司空见惯地说：“大石营村的你二姑父家，地少，人多，他也常常去别的村子偷麦秸儿烧。”二姐说：“呸呸，二姑父原来是个贼！”我娘说：“说不定，那个人是你二姐父哩。”我爹脖子一扭说：“你胡说个啥？”大姐说：“我猜，就是我二姑父。”我爹打岔道：“再瞎说，我真拿一根针把你的嘴缝上……”不想，大姐小嘴一噘，故意做了个傻乎乎的动作，惹得我们一阵乱笑。其实，我们好像一群小鸡，钻进父母巨大的翅膀下取暖，这才是世上最快乐的事情，谁是那个贼，已经没什么意义。

我很佩服我自己，十二岁，小小的年龄，三个小时，十五个村子，竟然从小镇中学走回我们家，一口气走了十八里。那，可是十八里的半夜雪路啊！

后来才明白，我们都像天上的一朵朵雪花，到死，还记得回家的路。

云朵飘过村庄

安宁

我躺在竹椅上，抬头看天空上的云朵。我想我快要死了，或许过不多久，我就飘到了天上，成为那些空空荡荡的云中的一朵。

我不清楚自己得了什么病，家人对我讳莫如深。他们将我隔离起来，好像我会在阴暗的角落里滋生出千万个自己，并将全家人摧毁。于是他们便常常将我放在阳光下晾晒，试图驱散掉我体内肆虐横行的细菌。

我刚刚七岁，读一年级。可是这一年的初夏，因为这场病，我被迫休学在家。除了家人，没有人前来看我，好像整个村子里的人都消失掉了。庭院里静悄悄的，知了尚未开始鸣叫，只有风，一缕一缕地从梧桐的叶梢上，寂静地划过。空气也在风里，轻微地颤动着，发出清冷的声响。一只麻雀扑棱棱飞过屋顶，消失在深蓝的天空下。除此，世界便了无声息。

一只野猫不知何时蹑手蹑脚地走到我的身旁，而后拉长了四肢，伸一个懒腰，又冷漠地走开了。连一只猫都嫌弃我，我也忍不住嫌弃我自己。我所有吃饭的碗筷，都被单独搁置在橱柜的一个角。午饭的时候，姐姐蹙着眉，将碗筷送到我的面前。我坐在自己的小方桌上，低头慢慢吃着香椿芽汁浇淋过的手擀面。我吃了好久，吃到一家人都要午休了，那碗里还是剩下了大半。我的身体轻飘飘的，不如一碗面条的重量。房间里的一切变得虚无起来，包括我的喘息，也越来越远。我觉得自己飞起来了。从绿色的纱窗里，尘埃一样飞了出去。

昏沉沉醒来的时候，家里只剩下姐姐，在院子里洗着一盆的碗筷。我的自然是单独被搁置在旁边洗的。姐姐将我的碗筷洗了又洗，完了她还认真地打着肥皂，一遍遍地仔细搓着手，要搓下一层皮一样恶狠狠地搓。我屏气凝神，不敢出声，怕姐姐忽然间注意到我，将我也一起给洗化在水盆里，而后一股脑全泼进阴沟里去。

我想起外公，他去世的那一年，病重，舅妈对他嫌恶，百般苛责。母亲心疼，让父亲用平板车将他拉到我们家里，变着花样给他做好吃的饭菜。饭后，父亲便将他搀扶到南墙根下的马扎上，晒晒太阳。我因为可以跟着外公每天吃一个蛋黄，而跟他格外亲近。我像一只小狗，依偎在他的身边。我还学他的样子，仰头，微闭起眼睛，享受着自半空中倾泻而下的阳光。那是春天，一切都是暖的，新的。干枯的玉米秸秆上，麻雀的粪便正闪烁着白色的光泽。墙头上斜伸出一枝桃花，引来三两只蜜蜂嗡嗡地叫着。云朵以亘古不变的白，在深邃的天空中飘荡。“它们要飘向哪儿呢？”我问外公。外公什么也没有说。他的喉咙里发出呼哧呼哧的喘息声，像一条瘦弱的老狗。他已经在这明媚的春光里，睡过去了。

现在，我也像外公一样，每天都会被父母给搀到躺椅上晒一会太阳。我觉得我离死亡，一定也不远了。尽管我的喉咙里，尚未发出沉重的喘息。我的肤色，在蜡黄中也依然透着一抹淡淡的潮红。可是，我的身体却轻得像一片羽毛，似乎一阵风过，就能将我从竹椅上吹起。风会将我吹到哪儿去呢，我并不知道。但我想，或许风会将我吹成一朵云吧。在浩渺无边的天空上，与无数的云朵飘荡在一起。那时，我已失去了语言。在庭院里忙碌的家人，再也听不到我虚弱的呻吟。即便我在树梢上向他们呼喊，也不会有人抬头看我。他们当然会在忙碌的间隙，看一会蓝得快要滴落下来的天空。可是，他们不知道哪一朵云是我。他们并不关心这一朵振翅飞翔的云，跟另外一朵梦中酣睡的云有什么区别。他们只是仰头看上一会，什么也不想，便重新低下头去，做手中的活计。而我，就这样静静地游荡在空中，俯视着这个曾经留下我欢声笑语的村庄。那时我的心里，一定溢满了孤独。

我不需要上学，也无须做任何事，于是我成了一个闲人。除了按时吃药打针，我就跟猫猫狗狗一样，沿着墙根，从巷口走到巷尾，再从巷尾折回巷口。阳光穿过云朵、尘埃和阔大的梧桐树叶，落在我的肩头。我很想跟谁说一些什么，可是，每个人都在忙着。羊在忙着吃草，猪在忙着睡觉，牛在忙着拉粪，狗在忙着追逐。就连鸡，也在柴堆中忙着刨食。柴堆中的虫子呢，自然在忙着逃过鸡的啄食。

这是初夏，整个村庄都在热烘烘的忙碌之中。除了我，还有阿桑。

阿桑比我年长，他在即将前往镇上读初中的暑假，生了一场怪病。他的鼻子里不停地流血，于是他便时时仰头朝向天空。村里人都说，他的血流光的那一天，就会从村庄里消失。谁也不知道这一天究竟何时到来，但死亡的阴影却笼罩在阿桑的身上。于是他走到哪儿，哪儿就会有一片云，阴郁着一张脸，将阳光"哗啦"一下驱散。路人便叹着气，注视着这个可怜的即将消失的男孩，不知道该对他说些什么。

可是，死亡是什么呢？我不清楚，但也丝毫不觉得奇怪。每年村庄里都会有一两个人死掉，我倚在门框上，看着披麻戴孝的大人们，犹如迎接某个节日一样，步履轻松地穿梭来往。即便是哭泣，他们的脸上也没有多少的哀伤。哀伤早已消耗在那些与日常对抗的琐碎生活之中。迎生送死，与日出日落一样，被村人视为平常。于是一个人的死亡，不管是德高望重的老人，还是不幸早夭的婴儿，都只是一阵风起，树叶翻转着发出簌簌的响声，随即便平复如初。

但我总是想象某一天，坐在阳光下的阿桑，仰头看天的时候，会忽然间有一片阴云，将他的魂魄瞬间吸走。于是，他就像一只金蝉，将干枯的躯壳，随意地留在吱嘎作响的竹椅上，便从庭院里消失不见。他的父母从田间干活回来，看到阿桑枯萎的躯壳，一定不会放声大哭。他的母亲或许会走上前去，将旧衣一样的躯壳收起，细心叠好，放入有着樟脑香味的木箱里，而后“啪嗒”一声落锁，走出门去，抓一把小米，“咕咕”唤着雏鸡们前来啄食。阴云已经散去，风吹动树叶，筛下万千的金子，并送来隔墙海棠的香气。一切都是寂静的。

只是此刻，阿桑还在街巷里游荡。他依然虚弱地活在这个世上。阿桑瘦瘦高高的，有一张好看俊秀的脸，眼睛细长，鼻子高挺。我怀疑他总是仰头捏着鼻子，是为了使鼻翼始终保持一种向着天空的姿态。有时，那里还会有细细密密的汗珠浸润着，阳光照射下来，便亮闪闪的。他顶着这些闪亮的珍宝，微仰着头，行走在大道上。他跟谁都会眯眼微笑示好，就是一只小狗，他也会站住了，逗引它几句。或者干脆蹲下身去，抚摸着它的身体，悄无声息地陪伴它一会。那时，他的眼睛里干干净净的，犹如秋天澄澈的溪水，不染尘埃。

女人们见了阿桑就问他：“今天又吃桑葚了没？不要吃啊，再吃你的血就流光了。”

阿桑就羞涩地点头，说：“好。”

老太太们颤颤巍巍地站起来，拍拍阿桑的肩膀，叹一口气：“多吃一些，你太瘦了。”

阿桑依然微微笑着点头，说：“嗯。”

男人们扛着锄头下地干活，从阿桑身边经过，便扯着粗粗拉拉的嗓音冲他嚷：“等身体好了，抡大锤去地里干点活，保管你能积攒下使不完的劲！”

阿桑还是一脸的温顺，回一句：“知道了。”

可是，人们等他一走，就会摇摇头，叹息说：“唉，可惜了，这么好的孩子。”

每个人都知道阿桑就要死了，包括我。只是那一天什么时候到来，没有人知晓。人们只是看着阿桑行走在村庄里，就像看着一朵云，每日在天空上游荡。只要云在那里，人们就不会去想，明天它是否还会经过。

桑葚快熟的时候，小孩子们穿行在桑树林里，惊喜地寻找那些隐匿在桑叶中紫得发亮的桑葚。婆娑跳跃的桑叶中，它们像一只只鸟雀，时而闪现，时而消失。桑树高高地向半空里伸展，小孩子走进去，很快便不见了踪影。只听到布谷鸟的叫声，穿越大地，远远传来。风抚过重重叠叠的桑叶，卷起一条深绿色的河流。我会在闪烁的河流中，瞥见阿桑的影子。他的眼睛黑得发亮，像一只夜晚寻找猎物的机警的野猫。他的身体也不再孱弱，大地深处不断向上蒸腾着的生命的热力，氤氲环绕着他，让他瞬间有了动人的光泽。一只瓢虫摇摇晃晃地爬上高高伸向半空的树叶，并在一阵一阵的风中，努力地找寻着平衡。蜜蜂被桑葚的清甜诱惑着，从遥远的野花丛中飞来。就连蚂蚁也从大树下浩浩荡荡地列队抵达桑林，向着高高的树梢爬去。

阿桑并不去采摘那些甜蜜的诱惑，更不会品尝，他只痴迷于寻找。他的敏锐的嗅觉指引着他，朝那些闪闪发光的紫色的诱惑一步步靠近。最后，他在某一粒饱满的若隐若现的桑葚前停下脚步，屏住呼吸，微闭起双眼，深深地嗅着。

那时，大人们总是警告小孩子，不要吃太多的桑葚，否则很快会跟阿桑一样，鼻子流血而死。小孩子听了便惊恐地睁大了眼睛，紧咬着被桑葚染成紫红色的嘴唇，茫然地发一会呆，忽然想起嘴里还有两枚嚼着的桑葚，便忙忙地吐掉，又跑到井沿边，拿起葫芦瓢子，装半勺水，咕咚咕咚地灌了下去；喝完了又用袖子一擦，将唇边的紫红色印记抹到腮帮上去，这才晃晃荡荡地走开。

但我还是喜欢偷偷地吃，一粒一粒地放进嘴里，慢慢嚼着，让那甜美的汁液充分地浸润每一颗牙齿，让它们在饱含着欲望的蓬勃的身体里流淌。想象中，那些紫色或者红色的汁液，在我的五脏六腑中汇聚成了河流，动荡不安地流淌，最终，侵入我的血肉，并与每一个细胞融为一体。

我想起阿桑，再也不能享用这样的美味。过不多久，他就从我们的村庄里，像一株麦子或者一棵玉米一样，一镰刀砍下去，便永远地消失掉了。如果我是阿桑，知道自己即将死掉，或许会将村庄里所有熟透了的桑葚都吃掉吧？这样当我离开这个世界，便不会遗憾。即便桑葚将我整个的身体，都染成了紫色，又有什么呢？我已经尽享了枝头万千的美味，我可以放弃这沉重的肉身，振翅而飞。

可是阿桑，他依然迷恋流光溢彩的生命，所以他渴望活着，哪怕小心翼翼地活着。他像一只羸弱的大鸟，爱惜身体上最后仅存的一根羽毛一样，爱惜着自己的身体。他的每一天，几乎都是在庭院里静坐，或者大街小巷游荡中度过的。他的身体，藏匿在肥大的衣服里，似乎永远地消失了。只有风吹过来，掀起衣服的一角，露出微弱起伏的肌肤，才知道底下蜷缩着一个尚有气息的人。

不知是不是因为阿桑的病，他家的院子里，总是暮气沉沉。就连鸡鸭奔跑起来也悄无声息，似怕打扰了阳光下沉睡的阿桑。墙头上的麻雀，扑棱着翅膀飞起来，落在不远处的玉米秸秆上，细瘦的脚趾碰到干枯的叶子，便传出簌簌的响声；于是那麻雀便急急地刹了脚，又惊慌地回头张望一眼，看到阿桑这张人皮，依然沉寂地搭在老式摇椅上，便稍稍放了心，慢慢蹲下身去，微闭上眼睛，陷进阳光里去。

每个人走进阿桑家坍塌了一半院墙的庭院，都会屏声敛气，似乎呼吸稍重一些，就会将阿桑这片羽毛吹走。邻家女人跟阿桑娘谈着今年麦子的长势，地里野草快要长疯了，再不趁早挖掉，一场雨落下来，麦子就被侵吞掉了。说话的间隙，女人会看向摇椅上的阿桑，他的身体正在光影里摇来晃去，于是一小片一小片的阳光，便在他的脸上，金晃晃地闪烁着。女人看上一会，被那阳光晃得眼晕，便扭过头来，叹口气，将声音压低下去，近乎窃窃私语般地打探道："最近阿桑怎样？似乎又少了一些血色……"

阿桑娘早已习惯了人们用貌似关爱的语气，给予阿桑的同情，就像人们也习惯了阿桑家的门口，每天都有一小罐中药渣倒在地上一样。况且阿桑娘的肚子开始微微地隆起，又一个小小的孩子，将在这个家里诞生，接替或许明天就会飘到云上去的阿桑。女人们还将手放在阿桑娘的肚子上，摸上片刻，而后毫不犹豫地说："放心吧，肯定是个男孩。"

是个男孩又怎样呢？说的人没有继续，但每一个听的人，却都默默地松了口气。就连阿桑娘脸上的阴郁，也被扫帚扫去了一层浮尘一样，有了些许明亮的色泽。阿桑爹还会兴奋起来，一副杀猪宰羊要款待人的样子，搓着手，不知道该说些什么，给送吉祥话的人。

小孩子们也不喜欢找阿桑玩，尽管阿桑娘总是带着一丝的恳求，让我们进院子里来，陪阿桑说说话。她还拿闪闪发光的水果糖诱惑我们。总有些像我这样立场不坚定的孩子，被一枚甜美的糖果吸引着，迈进院子里去，在离阿桑两三米远的马扎上坐下来。可是没有人知道该说些什么，小孩子们嘴里嚼着糖果，咯吱咯吱的，仿佛一群老鼠在默默啃噬着床腿。天上的云朵飘来荡去的，有一朵被风吹到了梧桐树上，于是挂在那儿，像也被阿桑娘的糖果给引诱住了，想要挣脱，却摇摇晃晃地始终脱不了身，于是便下倾着身体，与上扬着小小脑袋的孩子枯燥地对视着，惴惴不安地琢磨着，吃完了这块糖果，应该如何跟阿桑告别。

在我没有生病以前，我是很多个为了糖果而去找阿桑的孩子之一。有时候，这样的糖果也不能将我吸进暮气沉沉的庭院里去。让我在阴凉中坐上半个晌午，陪阿桑说些什么，或者什么也不说，只是干枯地坐着，我会有受刑一样的痛苦。我怕一不小心，自己也会变成一具干瘪的人皮，最后在阳光里蒸发。

可是现在，我觉得自己也快要死了。我躺在凉席上，仰望着每天都没有重复出现过的云朵从上空飘过，便想到了阿桑。我想我需要去见见阿桑，跟他说些什么，或者什么也不说，只是默默地陪他坐上一会。他很快就要走了，离开我们的村庄。我知道他还会回来，化成一朵云，每日从村庄的上空飘过。他会跟布谷鸟的叫声一起，会跟悄然坠落的桑葚一起，在这个初夏的午后，留下一些印记。尽管除了一个不肯午睡的孩子，没有人会注意到他落在一片梧桐树叶上的阴影，或者路过自家庭院时，发出的一声细微的叹息。即便他化成一只鸟，在院子里觅食，偶尔轻轻啄一下母亲的脚趾，他的家人也不会想起那是阿桑回来探望他们。人们像迎接春种秋收一样，一茬茬地收割着庄稼，并将昨天埋葬在无数个昨天的泥土里。

总有一天，人们也会像忘记阿桑一样，将我忘记的。想到这一点，我就觉得悲伤。于是我便想去见一见阿桑，陪他在院子里说一些什么。

我拖着虚弱的身体，走出门，慢慢穿过幽深的巷子。巷子里有几只鸡在阳光里静静地刨食，柴堆里于是腾起细微的尘灰。一只狗卧在邻家门口，长久地扭头，看向巷口虚无缥缈的空间。那里正有明亮耀眼的光芒，倾泻而下。长满青苔的墙上，泥灰已经脱落，一只去年的蜗牛，死在它灰扑扑的壳里。那壳挂在老旧的墙上，摇摇欲坠，但很多次大风经过巷子，都没有将它吹落。死去的蜗牛还有躯壳，提醒着路过的人，它曾经生机勃勃地活在这个世上；可是阿桑在不久的某一天死了，被埋进了泥土，就连他的父母，或许都会很快地将他忘记。他的活泼朝气的弟弟，将取代他，重新将小小的庭院盛满。

走出巷子，便是村庄的大道。初夏的正午，人们都在沉睡。大道上只有一两个人，一闪而过。赶着毛驴叫卖瓜果菜蔬的商贩，似乎也怕打扰了村庄的睡眠，便噤了声，倚在一棵大槐树下，缩在草帽里眯眼打盹。那头无所事事的干瘦的毛驴，便站在那里默默地发呆，时不时地跺一下脚，晃一晃脑袋，驱赶蚊蝇的骚扰。

我走得有些气喘，就连地上的影子，看上去也虚弱无力。我想我的脸上一定跟阿桑一样，泛着虚浮惨白的光，像一具泡在水里许久的尸体。让我一点点向前移动的，不是我的双脚，而是试图挣脱躯壳的魂魄。它一定跟我一样，厌倦透了这具疲惫不堪的外壳，它破败，陈旧，有气无力。它并不眷恋这个残喘的躯体，它只想跟另外一个即将消失的躯壳，去说一些什么。

我好像走了很久，才穿过那条长长的大道，抵达跟我家门口的巷子，几乎一模一样的另外一条小巷。走过三户敞开着的庭院，便是阿桑的家。隔着低矮的院墙，我看到了阿桑。他一如既往地缩在竹椅里，仰头注视着天空。天空上什么也没有，连一朵云也没有。似乎云朵也隐匿在某个地方，睡过去了。于是那里便只剩了让人想要叹息的无边无际的蓝。那蓝如此的深邃，又那样的饱满，总让人担着心，会有那么一滴，从天空上坠落下来。

阿桑并没有看到我。他的嘴唇微微张着，似乎想要接住天空上那即将坠落的浓郁的蓝。他单薄的身体，随着呼吸有节奏地一起一伏，像一只气息微弱的青蛙，安静地蹲踞在空旷的院子里。我很想以同样的姿态，与阿桑并排躺在一起，穿越重重的树叶，看向深蓝的天空。那里是阿桑即将抵达的地方，也是另外一个替代他活在这个世上的婴儿，即将降落的地方。但我却什么也没有做。我只是静静地站在院墙旁边，注视着气若游丝的阿桑。风吹过来，掀起他薄薄的衬衫，露出青紫色的肌肤，那像他吃下的无数个桑葚一样的紫。

一声轻微的咳嗽，将我吓了一跳。阿桑娘挺着圆润的肚子，拿着一条薄毯，笨拙地摇摆着身体，从堂屋里走出来。我立刻猫下腰，只留两只眼睛，透过矮墙看向庭院。阿桑娘将薄毯搭在阿桑的身上，又细心地在边角处掖了掖。阿桑微闭着双眼，一动不动，好像已经睡过去了。阿桑娘低头静静地看着，树叶婆娑摇动，筛下万千闪烁的金子，落在她的脸上，和隆起的肚子上。她的衣服已经遮不住腰身，于是便露出挣裂了一般的肌肤。她的肚子里藏着的，不是一个孩子，而是一股巨大的能摧毁房屋甚至村庄的风；这风从肚子里挣脱的那一刻，也会将阿桑席卷而去。我半蹲在矮墙下，这样想着，心里忽然充满了惊惧。

天上的云朵日渐地浓密。地上的暑气也日日蒸腾着，与炊烟缠绕在一起，沿村庄缓慢流动。夏天的风使着劲，憋着气，老牛一样，闷头冲撞着腰身肥胖的村庄。可是浓重的暑气中，风最终还是懈怠下来，化成一小股，细细地，沿着巷子，流进流出。

阿桑娘就要生了，母亲自然也忙碌起来。她将接生用的钳子、镊子、剪子、酒精、棉球之类的东西，一样一样备好了，放在小小的铁皮箱里，以备某天深夜，我们家的房门忽然被“嘭嘭嘭”地砸响。院子里的猪也在忙着生，兔子拖着肥胖的肚子转来转去。就连邻居家的狗，不知什么时候，也有了一个野种，每天愧疚地躲在角落里，觑着人出出进进。它们都不需要接生，哪天早晨起来，冷不丁就能在院子里，看到一窝活蹦乱跳的猪崽，热乎乎地拱着母猪的乳房。

但阿桑爹却是紧张的。他紧张这个孩子是男是女。如果是个男孩，当然皆大欢喜，就连因阿桑的病而整日阴郁的院子，也似乎可以冲得更明亮一些。可如果是个女孩，村里或许每一个人都会像他一样，发出一声重重的叹息。他因为这样的叹息而觉得羞耻。阿桑是贴在整个家族门楣上的晦暗的印记，他需要一个新的孩子，而且一定是男孩，来清洗这不知何时会消失的印记。

整个村庄的人，都被阿桑娘的肚子牵引着，卷入兴奋的旋涡。阿桑已经虚弱到出不了门，人们因此更加地惦记他，见阿桑娘扶着墙走出来，就一只眼觑着她快要拱破了的肚子，一只眼落在她的脸上，试探着问道："好久没看到阿桑了，他身体怎样了？"

阿桑娘红润的脸上便浮起一抹尘灰："还是那样。"

问的人有些失望。他们其实更希望听到阿桑娘说一句"怕是熬不过孩子出生了"。阿桑的死，像悬在半空里的一把锤子，人人都想听到锤子落在地上时，发出的沉闷的声响。人们还需要看到田间新堆起的一座坟头，那坟小小的，也没有花圈矗立在那里，并在风里应景似的发出呜咽声。每个人都在等着这未完的一道程序，以至于等得有些心焦，烦乱，到最后，终于失去了耐心。

我忽然间有些怕，夜里睡不着，便问母亲，“我会不会跟阿桑一样死掉？”

母亲用蒲扇“啪”一下打我屁股，训斥道：“半夜三更的，不说吉利话，小心鬼上门！”

我还是怕，大着胆子刨根问底：“我到底会不会死？”

母亲翻身起来，恶狠狠瞪着我。暗夜中，她的眼睛里射出狼一样凶狠的光。我当然没见过狼，但我却知道狼吃人，我怕母亲被狼附了体，便用毯子蒙了头，假装睡去。

母亲重新躺下，并重重地叹了口气。我不知道她究竟为阿桑叹息，还是为我。我的心里，又被重重迷雾笼罩住了。

总有一天，人们也会追着母亲，问我会不会死掉吧？我闭上眼睛，打着哈欠，在慢慢袭来的睡意中，这样想。

阿桑娘眼看着就要生了。她扶着腰，挺着肚子，一步一步走进我们家院子。母亲正在搅拌鸡食，看她进来，立刻放下勺子，站起身来。鸡们于是一哄而上，将食槽啄得啪啪直响。

母亲拍拍手，笑着迎上去：“干吗亲自来，让阿桑爹说一声，我过去就是了。”

阿桑娘扶着母亲拉过来的椅子，但并没有坐下的意思。她看着蔫蔫的我，脸上的愁绪更多了一层。

母亲知道阿桑娘的意思，便轻声安慰：“别担心，阿桑是顺产，这个也不会有什么问题。况且有我守着呢。”

阿桑娘勉强挤出一丝笑来，看向我：“二闺女好一些了吧？”

母亲皱眉：“好一些了吧，左边屁股都被针管扎硬了，只好改扎右边。”

阿桑娘带着一些羡慕：“那二闺女很快就可以去上学了。”

母亲丢下我，走向猪圈，一边探身看着哼哼直叫的小猪，一边回道：“估摸是吧。”

我没吱声，但知道母亲在撒谎。

两天后的黄昏，母亲放下粪箕子就急急地朝父亲喊：“记得给老二打针，玉米粥先焖在锅里，我回来再喝！”

父亲还没来得及回话，母亲就快步出了门。

我从椅子里探一下身，扭过头，透过猪圈口，看到母亲在院墙外一闪而过。父亲将粪箕里的草抱着扔进猪圈，然后自言自语道："总算生了。"

我的小腿忽然抽筋起来，于是"哎呦"叫了一声。但我不想让父亲听到，便强忍着痛，让那千万根针扎着一样的疼，慢慢扩散开去，一直到最后，小腿僵硬的那一块肉，重新跟其他肉融混在一起。

然后，我听到女人的哭声，穿过几条巷子，穿过重重的楝树、梧桐树、槐树、香椿树，还有青瓦、白墙、红砖，以及厚重浑浊的热浪、蜿蜒向前的风，抵达我的耳边。我像一条狗，机警地竖起耳朵，捕捉着越发响亮起来的哭声。

很快，哭声从单调的女高音，变成辽阔的男女大合唱。间或，那浩荡的水域上，还会夹杂着小孩子受了惊吓般的一两声哭喊，但随即就噤了声。

父亲很快地走出门去，我听见他在门口跟胖婶说话："怎么了？"

胖婶晃着一身的肥肉，停也没停，急忙地回复道："阿桑不行了。"

我的小腿又有抽筋的迹象，我立刻站起来。我想出去走走，活动一下。也或许，我根本就不是想要活动，我只想跟胖婶一起，朝阿桑家奔去。我想要看阿桑最后一眼，这样我就能知道，等我死的时候，人们将会为我怎样忙着哭泣。

可我还没有走到门口，就被父亲给训斥住："干什么去？"

我嗫嚅着，不知道该如何回复。

父亲早就看穿了我："小孩子不要去，不吉利！"

到底是小孩子去了不吉利呢，还是阿桑死了，他家院子里不吉利的气息，会像细菌一样传染给我呢？父亲并不说清，我也不想问清，但却怯怯地回转过身，一步一步地朝我的躺椅走去。恍惚中，我似乎看到那张椅子上，躺着阿桑，他已经成了一张空荡的人皮，像一张墙上的旧画，卷起的时候扑嗒作响，又有灰尘扑簌簌地落下来，在阳光下飞舞。

我冲着阿桑绽开笑脸。他也笑。

阳光铺满了庭院。一切都如此美好。

我们依然什么都没有说。好像我们的心里，隐藏着许多熠熠闪光的秘密。

天上的云朵变得稀了，一朵一朵，四散开来。似乎它们簇拥得有些长久，需要离远一些，喘一口气。也或许，是风将它们吹开的。风将大地上的玉米吹熟，大豆吹黄，棉花吹白，高粱吹红。风也将坟头上的草，吹到干枯。风当然也将我的病，吹得很远。

只是风再没有将阿桑吹回昔日的庭院。他的新家，坐落在日渐荒凉起来的旷野里。黄昏，我在放学后路过，总是忽然间害怕，怕那小小的土堆里，会有一团气体，徐徐飘出，并在我的身后，不紧不慢地一路跟着。我向前，它也向前。我站住，它也站住。我回头，它并不回头，却会在虚空中现出似笑非笑的一张脸来。那是阿桑的脸，苍白的、纸一样一戳就破的脸。

而远远的，正有一个婴儿的哭声，从某个炊烟袅袅的庭院里传过来。那哭声如此的有力、饱满，有着勃勃的生机，能唤醒沉睡的大地，并让整个家族的人，欢快地聚拢过去。

我于是绕开小小的坟墓，加快了脚步，朝着快乐的哭声跑去。

大片大片的云朵，正在我的身后，燃烧着整个的天空。

江南散记

顾晓蕊

一阕山水半生情

夏日熹微的晨光中，我沿着泛青的石板路，穿行在历史老街平江路上。窄窄的河道穿街而过，座座石桥贯通两岸，岸边绿柳婆娑，花团丛簇。澄碧的河水缓缓流淌，摇橹船穿桥而过，船上游人悠然安坐，听船娘吟唱江南小调，脸上漾着闲恬的微笑。

这就是我梦中的姑苏老城，古巷小桥，流水人家，处处透着如诗画般的清雅风韵。这条南宋《平江图》上记载着的延传至今的老街，暗合了我对江南水乡的美好印象。

记得初次来苏州，正是最好的年纪，那时我读大学，临毕业前在上海某电厂实习，几位同学相邀出游，乘着绿皮火车到这里。适逢梅雨时节，一行人穿街绕巷，从烟雨朦胧中望山看水，游园林，访古桥，听路边老茶馆传出的评弹声。

渐渐地，我和他落在后面，有一种说不出的情愫，在雨雾里悄然滋长。巷子里遇见卖花的阿婆，篮筐里有串好的白兰花、茉莉花，他跑上前买了些递给我。那馥郁的香气缠绕着、飘荡着，像极了我们隐秘的心事。

毕业后，我们从同学变成恋人，接着结婚生女。一晃小半生过去，在无数的梦中，我漫步徘徊在悠长悠长的小巷，而再来苏州，竟相隔二十余年光阴。

正如倪弘毅的《重逢》中那句“你尽有苍绿”，经年之后，起初的浓情深意在时光的浸染下，已成为朴素纯粹的亲情，如长在心上的青苔，化成一片苍绿。那深沉的苍绿中，有老爱情的味道，亦藏有苏州的气息。

几千年的光阴里，一座老城端坐在时光深处，经受着岁月的风吹雨浸。老旧的墙砖间、屋檐上、水井边，甚而潮湿的青石隙间，漫敷出一片片、一蓬蓬的苔藓，那么绿，如一汪凝玉，婉约中透着清凉的古意。

这次到苏州，我们住进平江路附近胡同里的一家民宿，名为“前堂后院”。两层小楼由民居改建而来，修旧如旧，古朴中透着静雅，完好保留老建筑的苏式格局。每间客房都有好听的名字，采莲、心悦、竹露、萱草、穿花等，显现出诗意的细节之美。

晨起，沿胡同向前走一两百米，就到了平江路老街。街边店铺林立，过了八点钟，路上游人多起来，挤挤挨挨，喧声沸沸，一番热闹繁华的人间盛景。

我喜欢在老街的支巷里走走，扭身拐进大儒巷、丁香巷、胡厢使巷、东花桥巷等。弄堂里居住着枕河而居的老街人，清一色粉墙黛瓦的老宅旧院，青灰的外墙上有时光留下的斑驳痕迹。

河畔一架凌霄花丛下，有位老人倚在藤椅上，怀中的收音机放着昆曲，一听就是小半天。旁边的煤炉上，煮有“凤凰茶鸡蛋”，游人取用随意，费用自付，另有免费的清香雪片茶。老人沉在戏中也不抬眼，有相安岁月的随性自在。

街边拉家常的居民、水井边洗菜的妇人、穿蓝衫摇橹的船夫、桥头戏耍的孩子……这充满烟火气息的市井生活里，处处透出安然自足的从容。当地人的生活是慢的，他们将雅致清宁的生活美学，延伸到寻常日子的肌理里。

沿老街步行，拙政园、狮子林、耦园、随园皆相离不远。进入园中，目光所及，尽是苍绿。沿着幽曲小径兜绕一圈，看湖心凉亭，看庭院长廊，看假山鱼池，看竹林花间，几步一景，静美如画。园林布局精巧，温润而精致。

园林的精妙之处在花窗，有牡丹花、荷花、海棠花、梅花、葵花、竹节等图案，还有镂空而成的飞鸟、游鱼、走兽，又或是凤戏牡丹、鱼戏莲叶、喜上眉梢、松鹤延年等寓意吉祥的雕花，古风古韵，且构作精巧。

窗后是另一番更美的风景，芭蕉、竹石、蔓藤、花枝，半绽半隐，无限意趣，令人诧然之下，难免遐思翩飞。临窗望去，花影绰绰映在粉墙上，亦别有幽致。

想起黄庭坚的一句诗，“花气薰人欲破禅，心情其实过中年”。园林更贴合中年人的心境，惯看秋月春风，有了阅历，有了沧桑，反而气蕴于内，自有一种清远深美的意味。

从园林出来，已是月色黄昏。沿青石小路往回走，澄澈的月光落在河面上，鳞波闪动。老街上灯火阑珊，迷蒙夜色中，苏州人将从前慢的精致生活，延续到俗常日子的烟火里。

老街人懂得日子是过给自己的，不将就，不凑合，他们舍得花时间和心思，巧手弄美味，在一箪食、一豆羹中，品味滋足味润、余韵悠长的生活。苏州老厨人的心思玲珑，也使得苏式小吃名扬天下。

走累了，寻一处小店坐下。点上些当地名吃，桂花赤豆糖粥、桂花鸡头米、泡泡小馄饨、酒酿小圆子、哑巴生煎……食物的香气在唇齿间弥漫，入口鲜香甘滑，令人回味许久。

这承载着苏州人记忆与情怀的美食，是萦绕在当地居民灵魂深处的家乡味道，也给予我这般外来客妥帖的抚慰，令一日的疲累全消。

有的传统老店里，还可以边吃边听评弹，在一曲曲软侬清音中，体会美食与时光的缱绻交错。苏州评弹是评话和弹词的合称，旧时又称说书、南词，那如雨滴般清润柔婉的声音，穿透数百年的光阴，依旧令每一位听书人醉心荡魄。

朱红色的老戏台上，桌两边坐着一男一女，男持三弦，女抱琵琶，弹唱曲目有《白蛇传》《珍珠塔》《玉蜻蜓》，是痴绝缠怨的爱情故事。我虽听不太懂唱词，但早已沉醉在那一唱三叹，以及轻拢慢捻的韵律里。

走出店时，空中飘起丝丝细雨。微雨落在身上，打湿了衣襟，而我神思飘忽，心仍沉在戏中。仿佛自己便是那为爱低眉的女子，倾心相许，偏又纠缠交错，迷失在时光巷陌里。戏里戏外，早已辨不清真假。

那夜我回到房间，斜倚在床边，听微雨敲窗，听雨打芭蕉，声声入韵，如一阕清词。夜雨潇潇中，烟雨如画的姑苏城，宛如白莲花般在我的心底盛开，瓣瓣流香。

这便是苏州，令我半生牵念，无限痴迷留恋的千年古城。那一份宁静淡然，是浸润在骨子里的风雅。让人来了便不忍离开，甘愿沉溺其间，静听风雨，淡看烟云，任时光悠悠然然地淌过。

水墨江南入梦来

西湖，是杭州的眉眼。到了西湖，自然要到断桥上走一回。

细雨霏霏中，我撑一柄伞，缓步踱至桥上。耳畔响起京剧名伶张火丁凛冽的唱腔，“西子湖依旧是当时一样，看断桥，桥未断，却寸断了柔肠”。声音深幽如一潭碧水，柔婉凄美，又分外惆怅。

相传，南宋绍兴年间，青城山下的白蛇化身白娘子，与许仙在断桥相遇，两人在借伞还伞中情愫暗生，最终结为夫妻。偏跑来个金山寺和尚法海要捉妖，生生拆散一段佳缘。

断桥是相遇地，亦是伤心处，千年走一回的断桥之约，令多少红尘男女心潮激荡，思绪翩飞。相传，断桥最美的时节是初冬。薄暮雪霁时分，一个人静静伫立湖边，月如霜，雪似银，看断桥隐隐现现，似一幅素雅的水墨画。

除却断桥，西湖还有两座名桥——长桥、西泠桥。梁山伯与祝英台十八里相送在长桥，苏小小与阮郁在西泠桥一见定情。三座桥，三段爱情绝唱，使得人们来到西湖，总会先上“情人桥”抚思怅想一番。

其实，西子湖畔的爱情，并不尽是悲凉，也有若你不离、执手相依的花好月圆。

“欲把西湖比西子，淡妆浓抹总相宜。”写下这迤逦诗句的，是宋代大文豪苏轼，号东坡居士。相传苏东坡被贬谪杭州时，在西湖游船上遇到出身贫寒的歌姬王朝云，刹那间心动，当即吟诗一首，将她比作绝色倾城的西施。

她是巧笑嫣然的豆蔻女子，可他丧偶、被贬，处在失意的人生低谷。然而，她感念他收留自己，更仰佩他满腹才华，与其诗书唱和，意趣相投，成了他的红颜知己。

他多次被贬，她作为侍妾相随左右，悉心照料他的生活起居。这期间他重返杭州任知州，上奏朝廷，“杭州之有西湖，如人之有眉目，盖不可废也”。随即疏浚西湖，修建长堤，后人称为苏堤。

一条长堤，卧波水上，连接南山北山，而今，它已成为“西湖十景”之首，更是当地百姓喜欢的散步休闲地。

苏堤北起岳王庙，延至南屏山脚下，近三公里的堤岸上，花香柳绿，古木成荫，可谓“花满苏堤柳满烟”。

为了纪念这位乐观旷达的北宋才子，苏堤映波桥旁建有苏东坡纪念馆。馆前屹立着东坡先生的雕像，宽袍大袖，长髯飘飘，目光如炬，面露忧思天下的神情。

江南的雨，来得急也去得快，雨后天空碧净，云朵素洁。我沿着苏堤缓步而行，路两边是高大的香樟树，还植有柳树、碧桃、海棠、木樨等，更有流溢数百年的花香。有些古树有数百年树龄，或虬枝旁逸，或盘曲遒劲，斑驳的光阴里，它们迎风沐雨，仿若在默默守护着长堤。

“江南忆，最忆是杭州。”唐代诗人白居易离开杭州后，遥思过往，对月怅吟。从断桥至孤山长约两里的白堤，并非白居易任杭州刺史期间修筑的那条堤岸，而是当地百姓为感念白公治理西湖的功德而命名的。

苏堤与白堤，犹如西子裙裾上的两条飘带，横卧于烟波浩渺的西湖上。再看又好似两位大诗人相对而坐，边喝茶边谈笑吟诗。我沿两条长堤走了又走，满目芬芳，绿意流淌，鸣啭声声，一时间竟有些恍惚，恍若人在画中游。

此外还有一处杨公堤，与苏堤、白堤并称“西湖三堤”，远望如一条长虹架在虎跑路与灵隐路之间，是明朝杨孟瑛在杭州为官时，西湖淤塞严重，他力排众议要还西湖一片清明，用挖出的淤泥堆筑成的一条长堤。

杨公堤上游人较少，颇有隐中取静之感。路两边高大的法国梧桐树，绿叶倾盖，密密层层，筛下一地浓荫，行走在这浓浓的绿意里，有种清凉惬意的感觉。

我走走停停，伫立远眺，一潭幽然深碧的湖水中，不时有游船悠悠地驶过，荡起圈圈碎银般的涟漪。“南屏晚钟，随风飘送……”清婉悠扬的歌声踏水而来，听得我心里也柔成一汪水。

南屏山下，千年古刹净慈寺门外，即见“南屏晚钟”碑亭。“夜气滃南屏，轻风薄如纸。钟声出上方，夜渡空江水。”正如明代张岱诗中所言，临近黄昏时，净慈寺浑厚清亮的钟声响起，穿山渡水，叩壁击石，余音回绕，数里之外皆清晰听见。

与净慈寺隔路相望的是雷峰塔，虽明知白蛇被法海施法压在雷峰塔下不过是民间神话传说，但看到倒掉的旧塔遗址，我心里还是暗松口气。这也应和后人续写的白蛇传说，有了“塔前祭母”，新科状元许仕林孝心感天，终救母出塔，家人团聚，圆满欢喜的大结局。

而今的雷峰塔是旧址重建，登上塔顶，可一览西湖全景。山峦重重围起绿色的屏障，仿若天然的森林氧吧，那宁静清冽的湖水，如捧在掌心里的一块碧玉。

西湖的水绿得幽静，绿得透彻，绿得空灵。若你凭栏远望，朝湖面静静地凝视片刻，会觉得那绿意仿佛在流动，悄然淌进你的心里，把你的身心淘洗个遍，顿觉整个人都变得明快而轻盈，简直无一处不清爽通透。

从雷峰塔景区出来，沿南山路，又走回到长桥。恰是夕阳西下的时候，这里是雷峰夕照最佳观赏地，有很多摄影爱好者在此守候，我掏出相机，静待落日余晖铺满水面的那一刻。

橘黄色的夕阳，在浓浓密密的云层间穿梭，时隐时现。浩渺的湖面似被镀上一层金光，滟滟流波，莹亮跃动，彼时，远山如烟，塔影巍峨，再看近处的湖水、长桥、亭子以及湖边的绿树，都晕染成浅红色，笼罩在柔美安谧的氛围中。

我正入神地观望时，倏然间，织锦般的红霞浩浩荡荡地铺满天际。闪耀的霞光倒映在水中，满眼灿灿之色，有微风拂过吹皱了湖面，霎时水面如洒下无数碎金片。

稍后，斜阳收拢最后一抹余晖，渐渐沉入云水间，湖面升起淡淡的雾霭。我仍紧盯水面不肯收回眸光，长桥上挽手依偎的情侣，那一抹动人的剪影，连同夕阳映照下的雷峰塔，一并被装进这山水画框之中。

澄明秀美的西湖，真叫人神迷心醉。那月堤烟柳间，留下过无数文人墨客的诗句佳篇；那古渡廊桥上，演绎出多少传唱千年的凄美爱情。

西湖，如一幅水墨氤氲的画卷，带着轻灵温婉的江南情致，闪入我眼里，映进我心中。我盼望着今夜它能到我的梦里来，那该是多么斑斓而纯美的梦啊！

深巷明朝卖杏花

到江南，我转得最多的地方，是曲曲折折的小巷。

那一条条幽静的巷子，狭窄且悠长。小巷，是一首婉约的诗，亦似一阕清浅的词，它从唐朝的风，宋朝的雨，又或是明清的烟云中，款款地吟出。千百年过去了，多少往事湮没在岁月中，而小巷依然是旧时模样。

江南雨多，轻柔的雨如烟似雾，水汽迷蒙中，透着淡淡的忧愁。多情的雨，滴落在屋檐瓦楞上，敲在青石板路上，犹如丝竹轻弹，声声清越，极为悦耳动听。

倘若下了一夜的雨，次日放晴，小巷便会愈加清静、幽深。让人想起那句诗“小楼一夜听春雨，深巷明朝卖杏花”。雨后幽长的小巷中，传来阵阵卖花声。

“卖花唻，杏花——”卖花的少女，身穿靛蓝花衫，挎着竹篮从巷子深处走来。

花遇有缘人，若喜欢这花，捎上几枝，回去插在青花瓷瓶中，做了案头清供，倒也十分雅致。倘只想听听这卖花声，却也无妨，那软侬的叫卖声，如莹亮的露珠，在潮湿的深巷中滚动，声音幽邃，几许空灵。

水乡小巷多，兜兜转转，不经意间，你就会误入小巷深处。我一向不喜热闹，恐被喧闹声扰了心中清静，偏爱钻进巷子里，静静地闲走。

那日，我到江南水乡同里古镇，沿河道行至鱼行桥，过桥走不远，到了穿心弄，当地人又称串心弄。弄堂里幽深、逼仄，狭窄处，仅容一人通过。迎面如有人过来，一人需侧身敬让，另一人方能通过。

擦肩而过的瞬间，那一低头一浅笑，许令你心湖轻荡，泛起点点涟漪。由此带来一份温暖，一段情谊，或是一场美好的邂逅。而这，恰好应和"串心"之意。

路两边的高墙斑驳老旧，阳光洒落在墙面上，闪闪烁烁，似在诉说着往日的沧桑岁月。老墙在经年风雨的冲刷下，呈现深浅浓淡不一的青灰色，好似洇开的山水画，柔润中带着浓浓古意。

老旧的青石板路，湿湿潮潮的，常年受雨水滋浸的缘故，石隙间探出幽幽苍苔，真是"雨滋苔藓侵阶绿"。青苔爬上墙，攀上瓦檐，阴凉湿潮的地方，皆苔痕青郁。

苔是大地的绿衣，这一袭碧衣，小巷穿上了，从此便不再脱下。郁郁茂茂的苔藓，从明清蔓延至今。苔幽幽地生，寂寞地长，带着些许隐逸情怀，染绿了老街人的记忆。

走在巷子里，我没有遇到卖花的女子，却遇上位唱昆曲的阿婆。

她身着蓝布衫子，花白的发，脸上皱纹如菊，眸光却清亮。她走过来对我说："姑娘，点首昆曲听吧，赏钱嘛，你看着给就好。"话落，她递来一张戏目单，我点了《牡丹亭》唱段。

"原来姹紫嫣红开遍，似这般都付与断井颓垣……"她一张口，那声音幽郁沉婉，有如染上苍绿，显得清寂、苍凉。刹那间，时光仿若凝滞了一般，巷子愈加悠长寂寥。

一曲唱罢，我与她闲聊起来。她说自己生在小镇上，住在小巷里，打小喜欢唱戏，家人不允，她便偷着学，为此还挨过打。后来日子好起来，她进到当地昆剧团，唱旦角，在堂子里演出，台下一片叫好声。

几十年过去，她也老了，已登不了台，心里却放不下戏。她便想着，这古镇就是舞台，不如唱给游人听，即使只有一个听众，也要用心唱好每一段戏。

我心里明白，她唱了大半生戏，已入戏太深，为戏成痴。人生的喜也好，悲也罢，只要一唱起戏，她全都忘却。幽曲的街巷，是方寸的舞台，她深情地吟唱，只沉醉在戏里。

这时，从巷口处走来一位阿公，将折扇和水杯递给阿婆，敦厚地笑笑，也不多语，转身又离去了。我正疑惑间，阿婆说："那是我老伴，他以前在剧团弹三弦，退休后闲不住，做起水上清洁工，每天摇着船清理河道。"

她抬手轻轻一指，又说："这不，为此还买条小木船。"我扭过身，见阿公已回到船上，熟练地撑篙，缓缓地划进河心。而后，他悠然地立于船头，手持长竹竿做的捞网，清理水上的落叶和垃圾。

古镇上来的人多了，往日的清静被打破，但在他们看来，河水是小镇的眼眸，他们要爱护它，守护它。清凌凌的河水日夜流淌，枕河人家的梦才是香甜的。

想到此，我竟有些眼湿，离开穿心弄，接着往前走去。同里的小巷子很多，如石皮弄、同泰弄、西弄、仓间弄等。狭窄细长的里弄，虽曲曲绕绕，却巷巷相通，因而在古镇上闲逛，无须担心迷路。

小巷里的人爱花，亦喜养花。正走着，忽从墙头垂下一片绿藤，里面夹有如瀑的凌霄花，青红交映，一团喜气地绽放着。弄巷中暗红色木门半开，探头朝里看，院里种满鲜花，艳艳地开，明媚了整个小院。

住在巷子里的人家，生活过得闲适又有味，他们坐在花树下，吃饭，喝茶。清软香粥，盛在青瓷碗里，精巧的小菜，摆在铺有蓝花布的桌上。这热气腾腾的生活细节里，透出浓浓的市井气息，而小巷贴心贴意的温暖，还需人间烟火的成全。

就这么走着看着，一路飘香，处处花影摇曳。转到另一条小巷时，鼻息掠过一阵浓香，见有个女孩在串花，新摘的茉莉花。洁白的骨朵，半开未开，小巧，素雅。

“可真香啊！”我赞叹道。她笑着回道：“自家种的花，宝珠茉莉，挑一串戴上，能香一整天。”我当即付钱，买一串花别到衣襟上，缓缓朝巷口走去。

“卖花嘞，卖花嘞……”身后传来温婉软糯的叫卖声，那声音如唱戏般清和圆转，在街巷中回荡，余声缠绕，袅袅不散。听得我心里一漾一漾，溢满了欢喜。

拥抱故乡

艾吉

人人都有故乡。无论乡村或城市，你从母亲怀里哭着来到的地方，就是你的故乡。很少有人会说不热爱故乡，一个写作的人最初写下的往往是赞美故乡的诗，小路、小溪、童谣、老房子、炊烟……但随着年岁的增长，故乡会变得遥远、模糊，直至被遗忘。哪怕你终日不离故乡，为生计埋头辛劳，渐渐地，鲜活的风景会被复杂的人、事犹如秋冬季节的冰霜被冻僵，心中只剩下那些十分实际的身上的汗水、碗中的饭，以及无法预料的天灾人祸。

离开故乡在外求生，走一步远十步，只顾往前走，觉得故乡是多么偏僻闭塞，多么贫穷落后，生在那里是投错了胎，巴不得把那从肉体到灵魂都腐烂的皮一层层撕掉。稍稍走出几步，离开故乡，发现外面的天地那么广阔，生活色彩丰富得令人眼花缭乱，抓胳肢窝抓出的是自己的可怜相。不是讲笑话，我们村有人外出打工一个月，回家假装不会说哈尼话。母亲问他都只说一句汉话“不会听”，吓得母亲以为他丢掉了魂。

时下，世界一体化、地球村这些时髦的呼叫，把我的耳朵震麻。严格地理意义上的“故乡”这个词，却反反复复出现在我的脑海里，伸出手就能抓到结结实实的安慰。本来故乡山山水水地活在那里，不需要把它拿出来嚷嚷，但为着自己，为着上路的游子，为着还在那里面朝黄土背朝天的乡亲，我比以往更加明白，故乡即使不是天堂，也是心灵可以稳妥入睡的地方。拉开一床蓑衣就够了，铺一把稻草就够了。

在如此令人眼花缭乱的世道，我仍然抓住手中的一支笨笔不放，是故乡在背后支撑着我。比起同类、非同类的写作者，我没有出众的才华，没有下笔灵感喷涌的相助，全靠故乡的恩惠。像父老乡亲懂得一点道理：想要挖好一丘田，仅仅只会提起锄头是不够的，泥巴溅满全身不说，还要会把田挖成“金盆”。

从我出生的一九六四年到读完小学的一九七六年，

我几乎都是在故乡活动，出门几次不外乎是到隔壁村子过年，或参加婚嫁、丧葬。

那时真的很想出门。外面满眼都是新鲜、奇特，吃顿饭、见一位生人，都满足着某种难以言说的愿望。

十二岁穿木鞋拖着鼻涕到乡上读书，觉得自己已经出人头地，像水中的葫芦飘飘然。由于学习成绩好，回到村里，人们都投来敬佩的眼神，“这个人以后会有出息”。于是一对嫩翅膀不停地扇动，想飞得很远很远。星期六回家，第二天又早早地赶回学校。

挣扎多年，我终于还是有了“出息”。这时，是真正地离开了故乡。

故乡远去，只有家里有事不得不回去时，像客人般住上三五天，为不变的房子、不变的生活、不变的劳动、不变的乡情，心灵受着强烈的刺激。后来，当我无意中翻出剪贴在笔记本上的早期的文字，一股不能容忍的羞耻，直让我冒火。那完全是为了发表，拿几块可怜的稿费，名字有几个人知道，跟着别人瞎热闹。比如，故乡进步了、粮食多了、穿哈尼衣服的年轻人少了、会说汉话的人多了，赚钱的头脑灵了，等等。为此欢呼，唱颂歌。换一个角度讲，这也许没错。这样的写作，在我们生活中多的是。但这是来自心灵、饱蘸血液的文学吗？偏僻的故乡，未必都要写所谓的“进步”，它往往会流于泡沫而转瞬消失。人生的悲欢离合，根本不是“进步”那么简单。

我是乡下人。尽管我在城里生活了多年，安家，有孩子，但无论怎么乔装打扮、脱胎换骨，我都成不了城市人。我回村里，有些村里人来找我，似乎对我保持着一点距离，尊重和客气中流露出来的距离。他们误会我了。我是乡下人。正因为我在城市生活久了，才会这样固执地坚持自己乡下人的身份。

世道确实变了。城市日新月异，两天不出门，门口的路就变得不认识了。我的生身之地，犹如捅开马蜂窝，嗡嗡嗡的，天地旋转。一到农闲季节，村里的年轻人都跑到城市打工，宁可几天饿着肚子在路口等工干，也不愿在村里稍稍动脑子从某方面入手改善生计。有的几年出去，不知去向。我的一个表弟连母亲去世都无法告诉他。但他们总归要回家，或衣着比原来还破烂，或怀揣一点不多的钱，给家人一丝担忧、期待的补偿。他们想把故乡丢掉，心却被一股硬硬的绳子拴紧，他们的生死，只有故乡牵挂着。

重重山外的故乡，一百一十几户人家的村子，直到一九九三年，才通了一条狭窄、简陋的公路。为了通电，贫穷的村民勒紧裤腰带不说，简直把命都搭上了。老人说过，人活一世是为了一张肚皮。世世代代，村民就是为了一张肚皮下坡上坡，最后以坡的样子倒下成坡。

但不是为了美化贫穷，才来唱热爱故乡的高调。

应该承认现实。村里的物质生活正在逐步改善。今天再去看看，靠头脑吃饭的人已经不只是几个了。作为富裕和追求文明标志的钢筋水泥房，正悄悄出现在旧日的房屋中间，像操着外地口音的涂脂抹粉或西装革履的生意人，半土不洋。当然，这不是我最感兴趣的。

没有故乡就没有我。

在朋友、熟人和见过一两面的人老沉的目光里，我虽过了不惑之年，却仍不见长大，不会提防人，不会把真实的思想埋藏，有什么话就直梗梗地倒出来。好笑的是，我私下认为自己是看穿了人世的成熟者。城市的人事是看不见的网和陷阱。但我不可能改变自己。故乡的水土把我塑造成这样，是不幸，更是福分。无法想象，我出生在别处，会是什么类型的人；不愿想象，不是出生在乡下，我在浊世是否还能坚守着一份属于个人的草地。

不能说客套的感谢话。故乡习惯了沉默，像护卫它的两千米的高山。

此刻的我，已经神魂颠倒地享受幸福。

一岁，母亲背我去干活，回来的路上，她的怀里吊着我，身上背着柴。

两岁，把我丢在村里，任我跟牲畜家禽、野孩们滚在泥塘。

三岁，我学会了打架，手里提棍子，衣袋里装石头。

四岁，去人家的地里偷瓜果，被撵得不敢回家。

五岁，几个调皮鬼打死人家的鸡，被骂得坟里的祖宗都淌眼泪。

六岁，跟随约姑娘去山上对歌的伙子，帮他们提烟筒、劈树枝，学会唱几句情歌。

七岁，老师来家里叫，要读书了。我知道不好玩，老师一来就跑掉了，但还是被父亲扭着耳朵揪进了学校。

故乡就这样成了身上的肉，割掉也会长出来。走到哪里，便会严重地水土不服。只能一再回头，呼吸一口空气，多远都要沾沾故乡的气息。

岁月流逝，才发觉感情的重负，把我压得差不多支持不住了。在城市的上空看见一只燕子，人海中偶然听到一句乡音，都使我多愁善感。这种性情，决定了我存在的形式。生命有长有短，活着有好有坏，除了把笔写秃、写烂，别无他法。

世界很大，故乡不小。生命的兴衰荣辱，爱与恨，悲与喜，在这里照样轮回替代。

我的父老乡亲，脚丫巴塞满农活，他们不哼劳苦，不说孤独寂寞，忠实地尽着上苍派定的生活的义务和责任，教我顽强，纠正悲观。没有人会把他们当作一回事，只有我，崇敬着他们风吹日晒雨淋中躬腰耕作的身影。

这些年，我走过很多地方。有的地方，被人们称作天堂，但它们不属于我，属于我的只是几张照片，我也没有把它们看作多么了不起。不要别人问，我可以回答，对于我，世上最美的是我的故乡。如果真的有天堂，故乡才是我生死相依的居所。我在城市，每当感到累了，首先想到的是得回去故乡几天了，要不，憋出了病。在那里，面对青山绿水、层层梯田，听听鸡鸣狗叫，跟乡亲说说母语，身上就轻松多了，心里的烦闷也就随清风散去。有时，跟村子遥遥相望的县城的朋友听说我在家，问我怎么不上去玩，在村里怎么待得住。我说，自己的家里怎么待不住。他们可能不太理解我的心情，笑笑："你就是喜欢乡村。"这其实说对了，我就是喜欢乡村。

故乡馈赠给我的太多太多，再伸手，就有贪得无厌之嫌了。接下来的事情，该是拷问自己，在那样一刻，你在一边，看见忙碌中的故乡，缓缓抬起满脸的沧桑，你是否会狂跑于旷野中，放声痛哭。你被宠坏了，你似乎只懂得品味惬意——

坐在石头上，故乡是坚实的。

坐在草地上，故乡是柔软的。

靠着土墙，故乡是铁扎的。

踩着露珠，故乡是纯洁的。

然而，这些能说明什么呢？

故乡，自己最初哭着来的地方，最后被别人哭着送走的地方。

故乡的花

杨红昆

到大西北工作已经一年多了。一次外出时，很偶然地看到一丛不知名的野花，便顺手摘来插在一个不算雅的果酱瓶里。

这样简陋的房子，说实在话，以前可从没住过，因此，成天觉得在这狭小的天地里工作、吃饭、睡觉，闷得慌，但又无处可去。而近两天来，案头的这几枝花却给了我无限的愉快，使我几乎忘了这黄天黄地的环境。每当工作累了或一早起床，这几枝形状各不相同、很像梅花的花，总给我以蓬勃、温柔的感觉，心里也充满了无限的柔情与希望。

我很爱花，不论名贵的，还是野生不知名的。因为我的故乡是个花的世界。

说来可笑，以前我是经常“偷”花的人，每看到一树含苞欲放的花，总是手痒痒，有时趁人不注意，就会摘上几枝，然后做贼般急忙溜走，为此，我心里总觉得愧疚，可就是改不了。

记得有次，我让一位男性朋友帮我摘学校花园边的迎春花时，他说：记得你曾是上过幼儿园的，是老师没教过你，还是你忘了？我的脸顿时热辣辣的。可是还有手痒痒的时候。如今已是而立之人了，这“偷花癖”，也早已被遗忘在记忆深处，但看到芳香美丽的花朵被人摘了时，我是很心痛的。

人们都说姑娘是最爱花的，但爱美之心人皆有之，花是很美的东西，我想不只是姑娘才爱花吧。

记得大学时上美学课的老师说过，花是自然界的产物，本无所谓美或不美，从科学的角度来说，它不过是植物的生殖器，是繁衍后代的器官，可是普通人是不会从这个角度去看花的，而是从审美的角度去看它。有的人喜欢高贵、富丽的花卉；有的人酷爱幽雅、清傲的花类；有的慨叹琼花的一现；有的吟咏荷花的纯洁。也许世界上有多少种花，人们就会赋予它们多少种不同气质的美吧。

我爱花，更爱我故乡的花，特别是到了这大西北后，睡梦里常常会看到故乡的花，黑龙潭幽香的唐梅令我流连；西山雍容的紫玉兰欲触不忍；大观楼的童子面茶花使我忘却一切烦扰。啊，我惊奇大自然的奇妙，虽是不起眼的小花，我也一样地爱它们。小小的黄色报春花，不畏料峭的严寒，向人们预报春的到来；平凡的太阳花，不论怎样贫瘠的土地，也能扎下小小的根，为人们奏响春的旋律。

我的家乡拥有世界植物王国的美誉，而我居住的城市，以春城的别名令人向往，我这爱花的人，三生有幸投生到了这花的王国。记得大学时，因为一年四季如春，校园里也是一年四季花不同。校园的各个角落都能找到盛开的鲜花。大的花园就有月季园、桂花园等。我们教室的窗外是一排花瓣纷飞的垂丝海棠，围着半高的茶花和矮矮的紫罗兰，窗中间吊着葡萄般诱人的紫藤花，有时看着窗外美丽的花，就不知老师所云了。下了课休息时，总忙着出去仔细欣赏个够，上完课回宿舍时，一路经过的都是百花争艳的花园。而最令人神往的是我们叫的“海棠花廊”，两片青青的草地夹着一条小道，小道旁是两排花团锦簇的海棠，一阵微风拂来，清香伴着纷纷扬的花瓣，不喝酒却已醉了。枝枝繁茂的花形成了自然的花荫，脚下是那纯净的花瓣，虽是怡然的心情，也不免想到黛玉葬花。草地中还有日本的樱花，令人目不暇接。而好戏还在后头，那不是花荫的中间，有棵高高的荷花玉兰，花朵似茶花般大小，而花瓣却像白玉兰，淡淡地飘着一股奇特的花甈，记得刚进校时，每每经过这棵树，总觉得奇怪，怎么很像枇杷树，却不结枇杷。因当时正值秋天，是吃枇杷的时节。

有天宿舍里的一个同学说，她看见结了个枇杷，在树的顶端，还听人说这树是专门留着做种的，我们都信了。可来年春天，却突然发现树上开着许多荷花形状的花，花瓣是白的，仔细一看，树干上有一块小白牌子，上面写着花名。等到我们全都看明白时，不由得哄然大笑，直到笑得腰都直不起来。从此，那个女同学就有一个了“结枇杷”的典故。走出花荫，就是一条两排银杏守卫的大路。

然而，最让人叹为观止的还是我们故乡的杜鹃花。据说它的种类之多竟占了全国的三分之二。故乡的杜鹃花千姿百态，花色繁多，红、紫、黄、白、粉诸色皆有。杜鹃花遍布于故乡的山山水水间，尤以滇西北最为集中，这里是世界杜鹃花的起源及分布的中心。英国皇家植物园和爱丁堡皇家植物园就栽有故乡所产的杜鹃两百余种。每当春夏之交，山野之间，成林成片的杜鹃，姹紫嫣红，蔚为壮观。特别是西部的碧罗雪山，山顶是皑皑的白雪，山下却怒放着形形色色的杜鹃花，那黄的羊蹄脚，黄得玉滴；那红的映山红，烧红了半边天；那白的白杜鹃，似朵朵白云铺在大地之上。这里的杜鹃花因生长的环境多样，形态大小悬殊，有高达十余米的大树杜鹃，也有高仅几厘米匍匐于地的铺地杜鹃。有的花形如钟状，有的则如碗状、漏斗状等，有的绣球似的花序直径长达二十余厘米。如此大花乔木，实为世界园林之珍奇，怪不得被中外植物学家誉为“杜鹃花的故乡”。

在靠近西藏的中甸，有一镶嵌在林木苍翠，群山环抱的小湖泊，当地藏民称它为“碧塔楚”。藏语“碧塔”是牛毛毯，“楚”是湖或海之意。

碧塔湖水清澈如镜，湖中特产裸鲤鱼，其身躯圆直，无鳞，似泥鳅，大者，一条可达十几公斤，这种裸鲤鱼曾被当地群众视为“神鱼”，长期不敢触犯。

有趣的是，每年杜鹃花盛开的春夏季，当杜鹃花谢时，往往昏醉，漂浮于水面，这便是高原上的碧塔湖“杜鹃醉鱼”奇景。

冬天的北方轻易是看不见花的，尤其是在大西北这样的地方。而在我的故乡，我却能寻觅到最能陶冶我的花——蜡梅，花瓣像蜡做的一样，小小的黄花并不起眼，却勇与寒风抗争，散发着淡淡的幽香，蜡梅开过，那枝条别致，曲曲斜斜刺向蓝天的红梅向人们预示了春的来临。特别是西山的红梅，冬不凋零，红梅绿叶，互为映衬，且梅中多绿萼，更令人惊叹不已。

如今，在这满是黄土的西北，我常常想起故乡的花朵，它们伴我度过了二十几个春秋，给我带来了无限的欢愉，也给芸芸众生带来了与生俱来的美。

看着这年年枯了又荣的鲜花，有的人总是很感伤，在我国的诗词中也不知有多少伤春、惜春的名句。殊不知花之凋谢，是为了再开，且开得更多、更好、更美！

谁说鲜花的寿命是短暂的，不，花颜是永恒的，与宇宙同在。

羊倌父亲

米切若张

乡俚俗云："人生三大苦：读书、赶马、推豆腐。"

其实，放羊又何尝不苦？不过是放羊之艰苦劳累，不大为世人知道罢了。

父亲戴羊毡帽、穿羊皮褂放牧了大半辈子山羊，从八岁到五十多岁，春夏秋冬、风花雪月都跟在羊屁股后面爬山钻箐，一根羊鞭挥起挥落，在烈日暴晒和风寒雨冷的乌蒙山中放牧大户人家、合作社、生产队的山羊，也放牧自己艰辛漫长的人生岁月。

放羊之苦，一苦在一年三百六十五天，不论狂风暴雨、烈日酷暑，或是霜冻雪寒的日子，都要天天放牧原野。没有周末、没有节假日，一切都要顺从山羊那消化极强的毛肚胃囊，早出晚归，这或恐为羊肉食客所不知晓。那些年，在我感知的范围内，凡家养的牲畜，猪可食陈年粗糠，牛马可厩养亦食储备的干草料。只有羊，进嘴的食物极为挑剔，一年四季只吃野外鲜嫩的草尖、树叶。山羊的吃鲜习性，虽经人类驯养几千年亦冥顽不化，在畜养动物家族中颇有些不食人间烟火的高贵气质。缘于此，无论是天上下雨下雪下霜凌，天寒地冻冷得死人，还是天不下雨天不刮风天上出九个太阳，烈日暴烤晒死人，山羊不具备一日不食、一夜不反刍的耐饿或冬眠的本领，日日以四蹄扛着一张馋嘴，翻山越岭觅食野外，说“羊以食为天”似乎比人还贴切。羊的这一特殊食性，害苦了天底下带有半原始生活气息的千千万万放羊人，父亲即是其中之一。

放羊之苦，二苦在特殊的地理环境。家乡横断山系乌蒙山区，崇山峻岭，坡陡箐深，地无三尺平，出门就爬坡。山羊以它猿猴般灵活的躯体，爬山攀岩，抢高就低，哪里草嫩哪里去，哪里叶绿哪里潇洒，这又辛苦了放羊人。放羊人的两只脚板，跟着山羊的四个蹄壳，踏遍山山岭岭，几乎没有脚迹罕至的地方。云南高原的崇山峻岭，比起中原大地和北方草原一望无际的平坦沃野，“风吹草低见牛羊”的优美牧歌景致，是何等的天殊地迥！相比之下，滇中放羊之人，不知比平原和草原牧民要艰辛苦楚多少倍数?

放羊之苦，三苦在羊的群居生活习性。独木不成林，独羊不成群，羊群摩肩接踵袅袅相依，最是和睦甜美的动物一族。但羊上一百，也如人类一般五颜六色。馋嘴、胆大些的老山羊，偷食山旮旯田地里的禾苗庄稼，风卷残云迅速异常防不胜防；恃强凌弱的无耻公羊凭借一双利刃犄角，为争一口食物或者一头青春美丽、丰满性感的母羊，动辄干戈相向，不是抵伤肚腹便是扭伤脚蹄，逼迫放羊人只得眼观八方、脚勤手快，调解矛盾纷争，处理善后事宜，苦累之情随之又增加一层。

放羊之苦，四苦在羊发病多，传染快。癞、泻、疯、瘟，哪一类疾病都马虎不得。因此，每个称职的放羊人，一般都要具备半个兽医的本领——观毛色、听声音、看羊屎。慧眼识病，防微杜渐，羊群方能发展壮大，而不至于养疾成患，惨遭倾巢覆灭之灾。

放羊还有第五苦，孤苦。终日面对不懂人性人语的羊群，放羊人孤身孑影，天长地久在深山野坳里放牧，没有人语交流，语言功能退化得凄惨，一腔烦闷之气时常没头没脑地发泄到牲畜头上，羊于是慢慢听懂人类那些不打标点符号的脏话辱骂，羊没有悲伤、没有眼泪、没有反抗、听之任之。孤苦的牧羊人，面对骂不还口，打不还手的羊子，恨不能抓个石头冲天扔去。

没有人统计过，父亲也记不得，他在五十多年的放羊史上放牧过多少山羊？经受过多少苦楚？只见满脸风刀霜剑的雕刻痕迹，一身风湿关节痨病缠身，六十岁的年纪便过早地腰弓背驼，垂垂老矣。父亲凄凄苦苦的放羊山歌，筋脖哑嗓的音调回旋，几十年来一直环绕耳鼓：

正月放羊正月正，
放羊之人早起身；
小羊吃了鲜嫩草，
毛光水滑发骚情。
……
冬月放羊草枯黄，
霜凌牙牙扎脚板；
风撕皮褂吹毡帽，

（放羊人）命不值钱拿命挡。

歌声中那种苍凉和宿命的音韵，在旷野深山中起伏、荡漾，断肠人在天涯的悲戚感慨，无遮无拦。在人堆里不善唱、不爱唱的父亲有如此吟唱感情，真让我为“艺术源于劳动”这一观念俯首认从。

羊倌父亲当然有他的欢乐，那欢乐来自他放牧的羊。一件羊皮褂，一根放羊鞭，一把木壳砍刀，再赶着一群羊，成了他劳碌人生的主旋律。真心实意甘当羊倌，父亲自得其乐，春夏季节，百花艳、百草碧、百树绿，遍野的鲜绿喂养得山羊膘肥体壮、毛色油亮。斯时也，牲畜发情寻偶，不分长幼血缘尽情交媾；再几月，怀胎的母羊一只只腆着大肚子咩咩欢唱，一窝窝的羊羔儿在十冬腊月间嘟噜噜坠地。羊妈妈舔干胞衣羊水，以鼓胀丰满的乳汁喂养羊羔。那情景，与舐犊情深的人间情怀一般无二。看着羔羊一天天长大，羊群一天天繁衍增殖，父亲心里的舒坦无法言说。谙熟每只羊子的脾气性格，区别之、善待之、严厉之，羊通人性且极像人之初，性本善，放羊人听得懂羊的叫声语汇，羊听得懂人的吆喝赞美，一片纯真境界，人与人之间可遇不可求。而羊，天生的温柔敦厚，投之以李，必报之以桃。

父亲一辈子爱羊，性格憨直，软绵。毫不夸张地说，爱羊之情胜过爱他的儿女们。他生怕羊吃不饱，垫不暖，早早赶羊出村，一心希图的是给羊在山上多啃几嘴鲜草、嫩叶，太阳不落山绝不赶羊回厩。天天查看羊厩干湿情况，垫草太稀烂，羊既睡不暖，而且滋生烂蹄叉、癞疤病，故又殷勤垫换干草、松毛。在我的印象里，羊倌父亲几乎一辈子没有和家人坐在一道吃过几顿晚饭，更不要说休闲和娱乐了。他每天摸黑回家，稀里哗啦几大碗粗粮下肚，从不问家人吃了没有。这样的责任感与敬业精神，羊儿如何能不膘肥体壮、繁衍昌盛？惜乎村民虽然知道父亲一腔心血，劳苦功高，仍半真半假昧良心迷信解说：“父亲命中服养羊子。”这其实是天大的冤枉。曾有两年，父亲被队长剥夺了放羊权利，被两个能说会道、心灵手巧的村民顶替放羊，其结果，从父亲手上交出去的茁壮羊群，有的丢失山野，有的爬岩子摔死，其余腹泻不止，复癞癣掉毛而全体死亡。火车不用推，放羊不用吹，队长急得抓脑壳。那年头，生产队铁定是要向国家交售猪羊任务的。所以，不久父亲又“倌”复原职，且地位更加牢固。那些嫌冬季背粪修水利劳苦、春天泡田耙地脚皲手裂的村民，一是耐不住山中放羊的寂寞劳苦，二是怕不胜此任，再也不敢小觑父亲。五十年的放羊生涯，成就了父亲远近闻名的羊倌声望，父亲很是以此为荣。

久病成太医，久牧成兽医。羊多病，常见如烂蹄子、癞毛疮、泻肚子等，若不及时观察治疗，传染极快。父亲平时留心，顺手从山上揪几簇草药，羊癞则随手擦洗，泻则漏斗灌喂。最记得烂蹄叉采用炼羊油浇烫，羊膻的热油一勺勺浇在羊蹄上，浇得滋滋的响声，烫焦毛皮的煳味令人刺鼻发呕，父亲硬是兢兢业业地做这些治病救羊的烦琐活计，还牵扯家人点火把加夜班不计其数，却从未讨要过队里一分几厘的加班工分。

父亲放羊水平极高，山山箐箐的草木植被烂熟于心，茅路悬崖了如指掌。家乡方圆几十里的天然牧场，哪些地方哪个季节羊子喜爱的草丛发叶树木发芽，他如数家珍。赶羊出村，逢岔路口，一个石头打到不准去的那条岔道，领头羊便心领神会地走上父亲指引的道路。羊群上山，星散隐没于山林草丛，间或一两声“咩咩”相唤而不见踪影。父亲不急，缓缓赶直路到山顶或山路旁，悠然打坐或者抖开羊皮褂四仰八叉躺地睡去，胸有成竹地等待他的羊群姗姗而来。

山里人生清苦，山箐箐中缓坡地带烧一片疏林撒些旱粮，风调雨顺的年景里广种薄收，民谚“种一山坡，收一土锅”的那种无奈境界，稍不留神，羊群啮食嫩绿的禾苗风卷残云，那种过失就背得大了，一年的衣食零补所系毁了，温良恭谨的山民火冒三丈定会找你拼老命！放羊数十年，父亲练得一手绝技，几丈开外飞石击羊，百发百中。那些馋嘴的山羊，面对庄稼心怀不轨时，父亲准确无误的石块往往神奇地击中做贼心虚的羊头颅，如醍醐灌顶，父亲点到为止，羊幡然乖觉。偶遇失群的羊儿，父亲伸长脖颈在山岗上“咿——呀”“咿——呀”呼唤两声，孤羊便“咩咩”应答，狂奔入群。民间神话中有识百兽语言的异人，毕竟只是传说，而父亲识羊的咩叫，却是活生生的真实。羊发声“咩咩”，外行人辨不出含义，在父亲看来，羊遇险求救、春骚求偶、母羊呼羔儿、幼羔寻母乳、雄羊敌对角抵、失群孤羊呼朋唤友，以及羊之腹中饥饱、病痛缠身等，其叫声均有节奏缓急、声调高低、感情哀乐之别，区别之以应招，对病下药，五行八作均有其学问技巧，放羊亦然。

我常想，生性笨拙愚鲁的父亲，何以一跟羊接触，便神采飞扬，超凡脱俗，令精灵刁钻的山民自愧不如呢？答案自在父亲漫长的五十年放牧生涯中。五十年以羊为伴，五十年爱羊如子。你的儿子在识文断字、历经三十余年人生风雨洗涤后渐渐领悟你根深蒂固的恋羊情结。情不自禁，儿子封赠您一个“羊神”头衔，当不为过。父亲一生勤奋，如地方史志所载“麦岔蛮……短衣跣足，担柴荷篑，治生勤苦……”父亲放羊，一天要爬几座山，翻几道梁、下几多箐沟，苦累甚矣。但只要天干地晴的日子，不管日薄西山或月上东天，父亲总会肩扛一大棵或一捆干柴回家，使堂屋中的火塘和灶房的釜底柴源充足，火光熊熊。家计艰难，我们兄弟姊妹四人上学后，每逢星期天，父亲总要挑一担沉重的柴火到远离十二公里的县城去卖，往返二十四公里，步行五个小时，空着肚腹，在夜幕沉沉的寒风中出门，烈日炎炎的暴晒中回家，劳累殃殃、饥肠辘辘地吞下粗糙的饭菜，便又急匆匆操起羊鞭，背起砍刀，穿上羊皮褂，戴上羊皮毡帽去放牧你一生相伴的羊群。日暮回家，狼吞虎咽填饱肚子，咕嘟嘟吸一阵水烟筒，然后抹嘴、洗脚、睡觉。周而复始，不哀叹，不牢骚，不奢求，无怨无悔，终生如斯，这就是儿女心目中定格的羊倌父亲形象。

于农田耕作，父亲因大半辈子放羊山中而蹉跎田地岁月，农村实行家庭联产承包责任制后，工分制解体，生产队变卖了集体所有的牛羊及一切公有财产。一则土地承包到户，病弱的母亲难以独立承担全家六口的责任田；二则家中财力不济，父亲唠叨了几年，想买一群羊重操放羊旧业的夙愿一直没有实现。父老乡亲作证，家乡山水作证，还有血浓于水的儿女眼睛作证，离开羊群的日子，是父亲悲哀情绪的滥觞。为羊消得人憔悴，父亲没治。

此生只会做羊倌的父亲，在这熙熙攘攘的人世间，在这五彩缤纷的诱惑中，儿女们丝毫不敢小觑您！

父亲日渐苍老。

一生命苦，晚年还是不能逃脱厄运的折磨纠缠。一次遭遇毒蛇咬伤，差些命丧黄泉；一场惨重车祸，使他昏死于病床四天四夜，县城医，昆明治，输血抢救、颅脑手术后，折断的下颌骨、肋骨治愈，仍然神智昏乱，几成疯癫，沦为残废之人，却清楚地记得他放牧过的山羊，津津乐道他的羊群。我知道，他已经区分不清楚精神的羊与物质的羊，它们早已融合为一体，成为他生命的支柱，生命不息，他会羊语不止。

人届中年，感触良多。数年前写过《父亲的毡帽》，结尾有段伤感至真的话语，因为篇幅较长，结构欠妥，发表时被编辑老师删除了："毡帽底下看人，父亲苍老了。夕阳余晖的田野里，父亲头发花白老态龙钟，精疲力竭伛偻爬虾。头顶汗雾蒙蒙，满脸的汗珠滴落土地，犹如我情不自禁涌出的泪珠。苍老的父亲，还是戴着那顶相依为命六十年的破毡帽默默劳作，汗垢硬壳的破毡帽黑光幽幽闪闪发亮，像暮日的太阳，刺激得我的目光不敢贸然正视。"

如今，父亲已沦为伤废疯癫之人，我仍然不敢看他头上破垢的羊皮毡帽。

离开羊群十余年，仍称您为羊倌，父亲，你该不会嗔怒吧？

父子情深，唤父亲一声“羊神”，该不会引起被百姓创造出来的众多民间神祇和滚滚红尘中芸芸众生的歧义误解、悖然怒目吧？

父亲的乐器

岳凡

年过花甲的父亲，痴迷于音乐，尽管对基本的韵律都一窍不通，但父亲并没有因此懊恼，还是摸着石头过河，一个音符一个音符地尝试，慢慢记住哪句歌词应该用哪一个音符。我佩服父亲孜孜不倦的精神。

父亲爱音乐，也爱乐器。他把音乐当作生活的乐趣，演奏得好坏他不计较，只要演奏音乐，他全身就有一股子使不完的劲，兀自陶醉在音乐给他带来的快感里。

父亲喜欢收藏各种各样的乐器，有长笛，有二胡，有电子琴，有葫芦丝，有鼓，有唢呐，等等，都整整齐齐、有模有样地摆放在客厅的柜子上。父亲尤为喜欢二胡，在记忆中，他已经拉坏了好几把，父亲是个敝帚自珍的人，如果还能修补，他绝不会将二胡扔在一边不闻不问。看着父亲手中的二胡，琴膜已经脱皮，琴杆也布满大小不一的裂痕，父亲用透明胶裹了一圈又一圈，发出的声音支离破碎，有些颤抖。我告诉父亲，要给他买一个质量上乘的二胡，对音乐人来说，二胡像侠客手中的剑，像文人墨客手中的笔，像石匠手中的锤子，尤为重要。可惜如今还没能如愿，也许父亲心里还是有些失望，尽管他嘴上也再三拒绝。我知道父亲舍不得花钱，随便在街上买一个地摊货，对父亲来说，也许只要能发出声响就心满意足了。

父亲也不是游手好闲的人，每天像大王巡山一般，有时候拿着锄头背着背篓去山上挖些草药，有时候也背着手去庄稼地里检查母亲的工作，回家像一个老领导，给母亲做指导，下命令。其实种庄稼，父亲是个门外汉，毕竟他大半辈子在外闯荡，他也不知道哪块地种什么收成好，该施多少肥，他就爱瞎指挥。母亲也常常会嫌他碍手碍脚，只管叫父亲回家拉二胡。

父亲就带着他心爱的二胡在附近的核桃树下如痴如醉地拉起小调，其实我往往听不出父亲拉的是什么调子，不过那首《东方红》是父亲演奏的必备曲子。父亲拉二胡曲的时候，我也常常会想到阿炳如泣如诉的《二泉映月》，会耐心地坐着倾听。只要父亲一拉二胡，村里的小孩子便会被他的二胡声吸引，还会请父亲拉他们喜欢的曲子，可多数的现代流行歌曲父亲也手足无措，心有余而力不足。

幺妹回家的时候，总会给父亲带来曲谱，父亲就会按照曲谱上的“数字”聚精会神地摸索。后来女儿生日的时候，父亲居然用电子琴演奏《生日快乐歌》，我的眼泪一下子夺眶而出，我激动，也被父亲的执着所感动。我们对待生活中的难题，只要像父亲一样，肯下功夫，肯花时间，勤学苦练，坚定信念，持之以恒，相信什么困难都能够迎刃而解。

我要感谢父亲的乐器，感谢乐器给父亲带来的快乐，替我在父亲孤独寂寞的时候陪伴他，看到父亲演奏音乐时脸上流露出的喜悦，我在远方会少些牵挂。生活就像父亲演奏的音乐，虽不是完美无瑕，惟妙惟肖，但发出的每一个音都像从心里流淌出来的蜜，那才叫甜。

花一样的灯盏

若荷

轻盈地走上一个山坡，山坡不高，能在上面跳跃。我们边走边唱，一朵花就在眼前意外地一亮。那花叫步步登高，红红的颜色，像太阳一样，迎着你的目光，一副欢愉的模样。走进山野，总能看到一朵朵红红的花寂寞地开放，让波澜不惊的目光闪出别样的光芒。

秋已深，冬将来临，田野里的花儿都已凋谢，只有苍老衰败的枝棵奉献出饱满的果实或者种子。那果实就像一颗颗五颜六色的珍珠，种子则像生命摇动的精灵那样，随时都可能投身风中不知去向。我曾为它们担忧，担忧它们会在山风中零落，被一阵又一阵的风带走；担心它们在播种的季节找不到一个停靠的地方。

只是这田野里的花，只对着山野妩媚、歌唱，少了些亲近人类的机会，少了些爱美者的赞赏。不过也不要紧，它们正好有机会开得恣意，开得泼实，可以不担心外形的完美与丑俊。无人欣赏的花，正好安静地生长。它们是一群一起来又一起走的孩子，淘气且粗粗拉拉，大大咧咧，或直立而起，或匍匐在地上，从从容容，超脱于凡俗之上，不以物喜，不以己悲。

放眼山谷，悠然于蓝天白云下的山坡上、乱石中的，除了太阳花样的野菊便就是它了。只是它的花，开得比夏天单薄了些，低浅地开着，花盘若拇指般大小。它们不聚众，开得零零落落，泼辣而又陌生地与你擦肩而过，近在咫尺，却又远远躲避着你那惊讶的目光。

起初我没认出它是什么花来。它的花，在万叶苍黄的土地上太过醒目，使我误以为它们并不是山野里的一丛普通的植物，能够经风吹，经霜打，经得起势不可挡的寒流。谁曾想它就是一株普通的花，毫无规律地在这秋深冬浅的季节开放。然而就像山里的菊花那样，你对山菊花有着怎样的赞美，就可以对步步登高花有着怎样的褒奖。

听朋友说，步步登高花并不是纯粹的野生花，而是一种需要人工种植的植物。它们大都生活在城市和村庄中。

或许，原本它们就生长在一个安静的庭院里，是风在它们开花结籽后，将它们的种子带向了山野，使其在那里安家落户，生根开花的。沿着通向村里的田径小路窈窕而去，夏天的村庄里总会盛开着一些花，其中就有步步登高花。

很小的时候就认识这种花。当年一位要好的玩伴，她的母亲喜欢花，每当春天来临，便要在小院里沿着低矮的窗户，种下整齐的一排。植株长起来，花盘搭在窗下，高而修长的腰身，举目望去，简直就是一道色彩变幻的篱笆。这种来自热带的花卉，开放起来也是这么奔放，这么热烈。

年轻的语文教师兼音乐老师喜欢它。那年他的妻子怀孕了，不久为他生下一个漂亮的女儿。他高兴地指挥我们唱歌识字，用一根尺把长的教鞭打拍子，在黑板上敲敲点点，一节课点击音符，一节课点击汉字。我听见他和他的同事们说："生活就像花一样美好。"同事说："那得看什么花。"他回答："步步登高。"他的话，总能引来一些欢愉和开怀。

这种花还有一个名字叫"百日菊"，不知是否取其

“一旦长成，百日有花”的意思。它的花有单瓣、重瓣、卷叶、皱叶和各种不同的颜色。它是原产于美洲的热带菊科植物，因其花期长、花朵硕大而被广泛栽种，现已成为园林之中常见的夏季草花。书上说，百日菊喜温暖，不耐寒。在这萧瑟的秋天，它的叶花也开始苍老，没有夏日的水灵。然而，风雨中的它们却仍然能开得安静如诗，惹人爱怜。

许多年前，我居住的大院里也曾种过百日菊。那是一个不为私人所有的院落，成簇成片的花盘在阳光下昂扬着，花朵艳丽，非常别致。母亲说，这种花可以做成干花装饰在衣帽上，或许非常漂亮。我听后跃跃欲试。点缀在衣帽上的干花可算是生命的再生呢。那略有些陈旧的颜色，只要注意保持环境干燥，历经数年也不会褪色。记得一位作家在一篇满怀深情的文章里写过，她之所以对一位匆匆而过的妇人在多年后仍记忆犹新，就是因为抬头看到她的第一眼，发现她头上戴着的草帽的边沿上，插有一束鲜活美丽的小雏菊。黄色的几枝，典雅而富有贵气。这段文字也让我记忆犹新，十几年了一直到现在还默念不忘，只因它是一束干花，又因它有我童年记忆中“菊”的模样，尽管不是我所见过的这种百日菊。

母亲也喜欢叫它“步步登高花”，说这花名寓意好。我长大进城参加工作时，母亲一针一线帮我缝好被褥，帮我拿上所需的用品，挥手就把我赶进了一个遥远的城市。她说年轻就得多摔打摔打，花季之年的锤炼有颇多好处。母亲所指的“颇多的好处”就是像步步登高花那样，身体长得结实，日子过得扎实，且有好的前程。这里所说的“步步登高”不是花也不是职位，而是人生的幸福与欢乐，安稳与平静，经得住岁月的漂洗。不是花，却胜似花。收获的不是权力和财富，而是情感和友谊，是生命的优雅与精致。

如今人到中年的我，仍能对生活感到满足。无论是生活条件也好，工作也罢，我从没让自己陷入窘困。我真的像母亲所期望的那样，人生的每一步都能行走得踏踏实实。

步步登高是一种极其普通的花，它夏秋开花，深秋就凋谢了，就像田野里许许多多的小草花一样。它不碧绿，也就没有青翠欲滴之感。它只是株杆修长，不蔓不枝。它的身体一节节往上生长，每生长出一节，就有两瓣叶子披着一层柔软的绿绒对生出来。它只是花朵大，像小孩子的手掌。花儿高举，鲜艳夺目，笔直挺拔，像一盏灯亮人眼眸，仿佛在对我们说：在任何时候都不要放弃，无论对他人还是对自己。

皂角树

岳凡

家乡的树木不计其数。春天，桃红柳绿，百花盛开，把村庄点缀成一个世外桃源；夏天，很多树都挂满果实，走到哪都可以尝到甜头；秋天，丹桂飘香，枫叶火红，层林尽染；冬天，万木凋零，村庄才“抛头露面”。

村里有且只有一棵皂角树，也许是物以稀为贵的缘故，它更惹人喜爱。皂角树属于落叶乔木，叶子酷似绿色的羽毛，身子却像刺猬布满荆棘，它的花，跟核桃花、楸树花如出一辙，都是一溜溜的，恰似少女头上扎的麻花辫。

记得小时候，母亲经常用竹竿打皂角回家给我洗头。母亲小心翼翼地把扁平的、椭长的皂角剥开，腹中就凸显出像豆一般大小的皂角子，还有黏糊糊的汁液，此时的皂角子多像母体中的婴儿。母亲把汁液揉在我的头发上，然后用清水冲洗，头发格外柔顺，易梳理，不打结，还散发出淡淡的芳香。除了洗头，母亲还会用来洗涤油腻的锅碗瓢盆，或者当肥皂，用来浣洗衣物，皂角成了天然的洗涤剂，无添加，无污染。

到了十月，皂角慢慢变了颜色，由碧青变成乌黑，微风袭来，熟透的皂角在树上手舞足蹈，相互抱团取暖。皂角也爱打闹，你挑我，我逗你，嬉闹时，发出铜铃般悦耳的声音，我就端着一杯热茶，坐在一旁观看热闹。

没想到，这株皂角树也不能地久天长，长到一围多粗，来年却没有再发芽开花，皂角树的生命画上了句号。正当我失望透顶的时候，发现边上又长出一株幼小的皂角树，我高兴极了，我就知道皂角树是不会让人失望的。我兴冲冲地跑回家，找来一个破烂的花篮把它罩起来，生怕它不习惯这里的环境，也生怕牲口把它当作青草吞进肚里。

皂角树没有我想的那般娇贵，狂风暴雨丝毫阻挡不了它茁壮成长，十来年它又长成参天大树，开始开花结果。然而岁月变迁，皂角树开始失宠。我也只是把它当作一道亮丽的风景，除了用来观赏，别无所求。

正当大家都觉得皂角无用武之地的时候，村里来了一个特别的生意人，收购皂角，一块钱一个，人们开始打起主意来，不过皂角树还是有主人的，大家都不敢轻举妄动。它长在大爷爷家地里，大爷爷成了名副其实的主人，大爷爷就开始天天蹲守在那里，不让别人有机可乘。母亲也会趁着晚上刮大风，天蒙蒙亮就去拾皂角，母亲是想，将来皂角真成宝贝疙瘩了，就能派上用场。

不仅村里人蠢蠢欲动，外村也有人来偷皂角，不料被大爷爷逮个正着，他跟大爷爷解释，他是用来治病救人，大爷爷也没有为难他，还摘了一些让他带回去，临走时，他硬塞给大爷爷一百块钱。大爷爷万万没想到，这毫不起眼的皂角还可以做药，从此，大爷爷更加爱惜。据说，皂角树全身是宝，连皂角刺都是一味良药。

看来真不能以貌取人，就这样一棵其貌不扬的皂角树，却有救死扶伤的本领。每次看到这棵皂角树，就像看到一个甘于平凡的英雄，令我肃然起敬。

为了那片狭小“灵灵”家园

刘建华

在昆明世界园艺博览园大门前，有一个“吉祥物”雕像，粉面红唇，憨态可掬，雍容华贵，它叫“灵灵”。“灵灵”的真实名字叫滇金丝猴，是灵长类动物中，除人类以外唯一的红唇族。由于滇金丝猴的稀少和珍贵，国家把它列为一级保护动物。滇金丝猴堪称“国宝”，与大熊猫齐名。

滇金丝猴是大自然的精灵。它的家园在迪庆州维西县的萨马阁原始森林中。萨马阁地处“三江并流”国家自然风景区、世界自然遗产地的腹心地带，是香格里拉的一个重要组成部分。这一片林海得益于国家实施天然林停伐而幸存，为滇金丝猴保留了最后一块家园。更感谢几位科技工作者和电视工作者，他们在萨马阁林区雨雪风霜十余年，全面掌握了滇金丝猴的生活习性、范围以及濒危状况，到处奔走呼吁，终于使国家批准地包括萨马阁林区在内的白马雪山（又称白茫雪山）地区列为国家级自然保护区。我在中央电视台12套节目看过他们拍摄的纪录片，这个片子凝聚了他们十年光阴和心血。对于这个珍稀物种的延续，他们是有功的。

但是滇金丝猴的家园确实太狭小了。据资料载，萨马阁林区总面积只有10平方千米，这是森工企业和当地的木材公司大量采伐木材的结果。我到维西县下乡时，在林区边缘看到密密麻麻的树桩、看到横七竖八的残枝败叶，从心底涌出不可名状的叹息。现在，这个狭小的滇金丝猴栖息地还在被人类的活动不断地吞噬着。尽管国家已经实施天然林禁伐的法规条例，但当地群众仍然要生活下去，那就得砍树，就得开荒种地，就得放牧。我们不忍心去责怪村民们，责怪他们是不公平的，他们要生存下去只能这么做。因此滇金丝猴还是难逃灭绝的隐患。

滇金丝猴是可怜的。在萨马阁林区有两个滇金丝猴族群，600多只，这么狭小的区域就有两个猴群，确实是被逼无奈的结果。除开生存空间迅速缩小外，它们还不断地遭到人类的捕猎。因此，它们对人类恐惧得很，尽管萨马阁林区很狭小，但人们要寻找到它们的踪迹还是很难。一声咳嗽、一支香烟的烟味，都可能使即将会面的猴群惊逃而去。在萨马阁的崇山峻岭中，这些红唇精灵往往是风一样地从林海深处飘来，又风一样地飘走。珍贵的精灵们日夜生活在惊恐不安之中。一个经验丰富的猎人，一年可以使 100 只以上的滇金丝猴命丧枪下。我们不能责备那时的人们既无生态常识，更无生态良心，他们只是为生计所迫。但这样做的结果是滇金丝猴急剧减少，以致有国外专家曾经宣布：滇金丝猴已经灭绝。好在萨马阁原始森林尚未砍伐完毕，幸存的林海庇护了幸存的红唇精灵，滇金丝猴命不该绝。在国家实施天然林保护的今天，它们又出现了。

滇金丝猴的生活环境是恶劣的。它们一般生活在海拔 3000 ~ 4000 米的寒温带，在灵长类动物中，滇金丝猴的生活区域海拔最高。符合这个海拔高度的萨马阁林区，应该是滇金丝猴最后的家园了。在这样的海拔高度，植物生长一般都很缓慢，猴群的食物来源如果没有广阔的森林资源作保证，要繁衍壮大是不可能的。由于人们多年的乱砍滥伐和肆意猎捕，这些红唇精灵已经对人类缺乏最基本的信任，不吃人类投放的任何食物。高海拔地区姗姗来迟的春季，森林中的野梨花、八角枫、杜鹃花满山绽放，这是猴群最喜欢吃的东西了，这就为刚度过漫长冬季，身体羸弱的猴群提供了恢复体力所需的食品；夏季，箭竹、嫩笋、冷杉树芽等又成了猴群的佳肴；秋季，它们吃富含油脂的松子和栗树坚果，为繁衍后代、预备过冬增加体内脂肪；冬季，这些红唇精灵便要在苦寒中饱受煎熬了。它们只能靠松萝、树衣、苔藓充饥，日复一日地在漫长的寒冬中挣扎。冬季的挣扎中，幼猴最先遭殃。据专家介绍，有三分之一的幼猴在生长过程中夭亡，而雌猴两年才生一胎。滇金丝猴的濒危程度已经超过了大熊猫。

滇金丝猴虽然对人类保持高度警惕，但它们的活动路线很有规律，活动区域相对固定：在萨马阁林区的雅笼箐繁衍，在响鼓箐、格化箐采食，这就为猎人的捕猎提供了极大的方便。更要命的是，一旦它们发现四周都有人时，就干脆听天由命地待在原地，这样的憨态让猎人高兴坏了。专家还忧虑地谈到，滇金丝猴的栖息区域已经被切割成若干小块，族群之外的基因交流中断，退化已经成为一种必然。不改变这个状况，在一定的时期内，即使人类不捕杀它们，因自身的退化，这些红唇精灵也将自然地被淘汰出局、消亡殆尽。残酷的现实使我们感到痛，生物物种的急剧消失，威胁着整个自然界，也威胁着人类自己。这确实不是危言耸听，保护一个物种，意味着保护若干物种，意味着保护一个生物群落，意味着保护一个生态系统；反之，破坏一个物种，就意味着破坏若干物种，意味着破坏一个生物群落，意味着破坏一个生态系统。这个世界是丰富多彩的，也是相互关联的，牵一发而动全身，局部的变化，必然会影响整体的变化，甚至会影响到人与万物的共同家园。

1963 年，气象学家洛伦兹提出了“蝴蝶效应”：一只在南美洲亚马孙河流域热带雨林的蝴蝶，偶尔扇动几下翅膀，就可能在两周后引发美国得克萨斯州的一场飓风。“蝴蝶效应”生动地说明了此事物与彼事物的关联性，还说明局部对整体产生的颠覆作用。没有局部，焉有整体？失去个体，又何来群体？我们人类要善于运用自己的智慧与科学，维护自然生态的完整，而不是将这个生态系统搞得七零八落，面目皆非。人有欲望是正常的，但欲望是需要节制的。我们不能因为需要而焚琴煮鹤，因为美丽而巧取豪夺，因为可爱而竭泽而渔，因为怡人则居之，因为好味则食之，因为爽肤则猎之，因为欲得之则杀之，因为爱之深则恨之切，因为欲壑难填之则堕入迷狂。明知不可为而为之，虽九死而不悔之。如果美好的东西都被人践而踏之，那么这世界还能剩下什么？

我们应该意识到，除地震、海啸之类自然灾害以外，在生物界，人类几乎是没有任何天敌的，然而这不是人类值得骄傲的理由。因为没有天敌的物种，注定会无限度地膨胀。人口爆炸、欲望无度，就会走向绝路。但人类是有理智的，既要控制自己，更要善待其他物种。在这个地球上，不仅生活着人类，还生活着其他物种，比如可爱的滇金丝猴，它们和人类一样，有着同等的生存权利。

现在，尽管已经把这一地区保护起来了，滇金丝猴有了属于自己的狭小空间。尽管近几年人们开始呵护这些红唇精灵，猎枪被悉数收缴，滇金丝猴对人类的恐惧感逐步减少，人们甚至可以在20米的距离内看到它们。但是，红唇精灵们的家园确实是太狭小了，而扩展滇金丝猴的栖息地，又是一项十分庞大复杂的系统工程，涉及规划设计，人口搬迁、资金注入、政策措施、组织实施等，光是资金投入恐怕就是一个地方政府望而生畏的天文数字，这项工作连想都不敢想。滇金丝猴的基因交流，又要有专门的机构、人员来进行研究和实施，而维西县这方面的科技人员可能一个也没有。所以，滇金丝猴恐怕还得在这片狭小的家园中苦熬下去。

滇金丝猴开始和人类亲近，红唇精灵们似乎已经原谅了人类多年来对它们的各种恶行。我们不要为过去已经做过的事而愧疚和惶恐下去，这是于事无补的。最要紧的是现在应该做些什么。拿出可行的措施，保护滇金丝猴，保护物种多样性，保护生态，就是保护我们的子孙后代和永续的绿水青山。荀子在2000多年前就说："天行有常，不为尧存，不为桀亡。应之以治则吉；应之以乱则凶。"人类只有尊重自然，尊重自然规律，才有作为。

前面我已经做过介绍：这里是国家重点风景名胜区和

世界自然遗产地“三江并流”的腹心地带，“三江并流”地区只占中国国土面积的0.2%，却拥有中国20%的高等植物，25%的动物。不仅在中国，即使放大到欧亚大陆，“三江并流”地区也是生物多样性最为丰富的地带。联合国教科文组织对世界自然遗产的规定很明确，就是保护它的原始性和完整性，这完全符合生态学原理。在世界各地被人类的工业发展糟蹋得面目全非的今天，这片原始的生态确实太难得了！泰戈尔说：“让我做您花园的园丁吧。”那么我说：为了这个大自然的杰作，为了“灵灵”这片狭小的家园，让我们都来做守夜的更夫吧。已经有人这样做了：从1999年3月起，格化箐的村民余建华、余晓华、余新光、余德清等一直在滇金丝猴出没的原始森林中义务巡山。

滇金丝猴恐怕还是人类的远亲呢，即使不是远亲，总该是朋友吧？我难以想象，当朋友们都从这世界消失的时候，孤单的人类该怎么办？

我们与自然和谐相处吧，与滇金丝猴和谐相处吧。只有天泰，才有人康。古人曰：“天何言哉？四时行焉，百物生焉，天何言哉？”

谢羊

许文舟

羊爬在村子对门的山上，啃着泥土、草根，看着夜里的月亮。一年只有过大年的时候，它们才会被父亲请到家里的羊圈里，接受感谢。它们在山上相互打头，但都没有血腥的场面，公羊的角是向母羊示爱用的，不是用来斗争的，因此，更多的时候，它们将自己的身体靠在一起取暖。父亲让母亲去祭献祖先，自己却走着山路，到对门的山上，接他的羊。腊三十的鞭炮已经响起来，他顾不了这么多，他挂记着对门山上的羊，那是他可爱的孩子们，能给他创造财富的孩子们（不像我们兄妹六个，一个也弄不了钱给父亲花）。父亲来到山上，仰起头，微闭着左眼，嘴里含着一片苍老的绿叶，“滋滋滋”地吹着，不一会，山上的羊便从各自盘踞着的地方，从树上、从交配的场所、从寒冷的风里奔跑过来。母羊们怯生生地围着父亲，打量着父亲身上的羊皮大褂，胆大点的公羊敢在父亲汗渍渍的手心上吮吸，神态像在品味不可多得的美食佳肴，胆小的羊羔们用嘴吮吸着父亲擦在石块上的盐巴，重复着同一个动作，眸光里蓄满感恩的意味。父亲用粗糙的手在这个头上摸一下，那个头上摸一下，目光里同样是满足的样子，当然也充斥着一种歉意。风吹过，一种再熟悉不过的羊屎味钻进父亲的鼻子，父亲敞开怀，做了一个小时候抱我的动作。羊是比自己儿子还要儿子的家伙，它们出去了一年，就在光秃秃的山上生活着，草越长越稀，却还要生儿育女，有些母羊出门的时候还是个小姑娘，到年三十晚接回家的时候，已经是母亲了。身后的小羊羔，天真地乱蹦乱跳，它们跟着自己的母亲，重复着我儿时的一些动作。

父亲赶着一大群羊，要从阿定河涉水而过。羊怕水，父亲得一只一只抱着它们从没有桥的河上蹚过。父亲抱起一只大公羊，那羊有些犟，一个劲地用角顶父亲。父亲不生气，非常宽容，也非常慈祥，他把公羊抱得更紧。轮到母羊过河的时候，父亲将脸贴到柔柔的羊毛上，感受一种体温，感觉一份自信。从二十世纪八十年代到现在，羊都是父亲财产的来源，家里两个姐姐的嫁妆，一个哥哥上大学的钱，还有各种税收和生产队里的各种村干部提留款，都得从羊身上拨。随着农业成本的上升，盘种土地已成为最亏本的事情，村子里许多青年男女都纷纷外出，进行劳力输出，这一输出之后就只剩些七老八十的人，他们最大的收获是村公所里的小邮箱，那里有他们在外打工的儿女们的孝心。地里的杂草比庄稼肥实，汗水浇灌的收成总被害虫瓜分。我家虽然不是书香门第，却个个爱读书，兄妹六人都在不同年级里苦读，根本抽不出丁为父母挣钱。于是父亲把母亲当年外婆陪嫁品里的一部分拿出来变卖，这一变就变成了七只山羊，两公五母。只五年的工夫，羊就成群了，并且每年都在发展，父亲舍不得卖了它们，万不得已的情况下也只挑一些老的出售。结果，村上要报致富典型，乡上要写先进材料，县上还要让父亲出席发言，害得老实巴交的父亲整整五六个晚上睡不着，还把哥哥从学校里叫回替他写事迹，我们一家人陪他受“羊罪”。

父亲赶着山羊一进门，那自豪的样子我们一家人都没有不发现的，但都一个个绷着脸，看父亲怎么说。大哥从省城回来，大姐从州府回来，二姐从县城回来，都带了许多值钱的东西，都在等着他开怀一笑，笑纳那些过去见也见不到的补品，穿也穿不上的衣服。他倒好，一个人到了对门山上，把男人需要做的过年之事全抛给有腰疾的母亲。父亲“嘿嘿”一笑，把羊一只只抱进圈里，每抱一只他都要亲近一下，那样子好生让我们兄妹六人难过。从小长到这么大，记忆里根本没享受过父亲如此大爱，姐妹几个心里都在努力回忆，但回忆的结果是对父亲的不理解。

谢羊活动是大年初二的事，父亲在饭桌上的话头子一直是他的羊，他还要让母亲为他备这备那，母亲真的有些烦他了。他一会儿掰着指头算母羊们的分娩期，一会儿算五年之后的收成，父亲还要大哥从省城给他买养羊的书，说癞皮病已经缠上三只母羊，还有两头公羊患有羊痫风，一只小羊先天发育不全，需要手术。大哥一一记好，他才放心地连续往自己嘴里扒饭塞肉灌酒。

谢羊活动其实是老家对山羊的一种感恩。谢羊活动很简单，却也复杂。先是准备一些上好的盐巴，纷纷扬扬地撒在一块块青石板上，然后放出关在圈里的羊，让它们自由地在白花花的食盐上狂食，羊们从来没有见过这么多食盐，拼命地往前挤，挤得角碰角，脚踩脚，在暖暖的阳光下，在一家人同样暖暖的目光里，享受食盐给它们带来的幸福。食完盐，父亲又抱来事先找好的青草，那可是水冷草枯的正月初啊，父亲硬是从自家菜地的埂上和沟边，找到鲜嫩的青草，给羊群享受。接下来，把领头的一只公羊牵到村头大神树下，点燃香火，燃放纸钱，献上酒菜，让公羊代表羊群接受山神的福荫。每点一炷香，父亲都让公羊同自己磕一个头；每斟一杯酒，父亲都要在神的面前替羊说好话，祈祷来年的安康。父亲说到高兴处会灿烂地一笑，让过路的行人止步，“这羊老头怎么发起笑来，平时不是三锤打不出一个屁来吗？”说到伤心处，特别是羊害癞皮病那些天的事情，父亲十分伤心，有点责怪山神的味道，说今后再是自己不成不是也不能拿羊出气，就是自己前世作孽，也不能怪罪无辜的山羊啊。

我们兄妹几个跟在父亲后面，只有母亲不去。母亲真的有点看不惯父亲那种样子，那份对羊的爱，她甚至在生气的时候也会拿羊出气。做完这一切，父亲把公羊牵回家里，交给打着饱嗝的群羊。父亲还有许多事情，他让我们先吃饭，自己则钻到羊圈子里，猫着腰，低着头，用一支笔在羊的角上写着什么，写一只对那一只低语好一阵子，那样子像是在告别，又像是在交流；像是在倾诉，又像在耳语。我们一个也看不懂父亲想做什么，在做什么，反正他爱羊心切，也许是做一些交代吧，反正，第二天，也就是正月初三他就要把羊赶回对门的大山，这一赶，父亲就要一头扎进田地里，那里有他忙不完的活，那也是一家人不得不种的庄稼。

我们兄妹吃完饭后，父亲把羊又重新从圈里赶了出来。他严肃得有些像骂人，我们一个也不敢与他讲什么。他指着角上写着1至9号的羊对大哥说："这是给你的礼物，我一辈子没有什么给你，你靠自己打工读完大学，这是对你的一点补偿，要说少是少了点，不过你们是兄妹六个，共有七十只羊，分下的我还要靠它们发展。"接着又叫二哥，同样是九只羊，他对二哥说："现在你虽然有了工作，但老婆没有工作，一个人工作养活一家人确实不易，这几只羊就算是给我那小孙子的压岁钱，城里可能价格好些，你拿去卖吧。”叫到我时，父亲特别强调：“你是写文章在报纸上登的人，给你羊，也请你给我一篇写羊的文章，注意要写进我对羊的感情啊。”最后叫到小妹时，大家都十分伤心，大姐还流了泪。我们就是父亲真正的山羊，怎么能带走他的财产呢。最后，我们兄妹六个在大哥的带领下，整齐地跪在父亲和那群山羊面前，请他原谅我们，我们小看了它们，同样小看了父亲。

流的水·涸的河

周海亮

有时我坐在木桥上，看奔腾跳跃的水。盯得久了，便会眩晕。然后河水静止，只剩下我在流淌。

还记得放着一群羊，羊们抖动娇嫩粉色的唇，啃食着此岸的墨绿。太多时，我眺着彼岸的葱茏，因为那儿，我想，可能，有羊们需要的绿洲。我把鞭子甩起来，空气中爆着急切的炸响，催着羊们上路。

鞭梢甩起的水珠，晶莹透亮。那是河的汁液和汗水。

一条河，不宽，也不深。不下雨的日子，河水是清澈的。清的河水从上游缓缓而下，一丝不苟地完成着她的旅程。我知道这个世界存在得太久，岩石磨成尘土，尘土烧成青砖，英雄化成历史，历史又制造出佳人。所有一切都进化和轮回得面目全非，唯独河水没有改变。

那是史前的水。

羊们迟疑着。羊的脚踏在水里，那脚就变得小巧和弯曲。河底的细砂被踩出一个个脆弱的坑，一只小龟不满地爬走。

终于还是放弃了。羊们不肯过河。羊们告诉我，其实我看到的，不过是一个幻象。一条河，河这边怎样，河那边，同是怎样。羊们说到最后，我便信了。

羊们啃尽最后一丝绿，河便干涸了。裸露的河床，似女人皲裂的胸脯，她们被随随便便地扔在那里，任由烈日的暴晒和风的践踏。

我认为，所有的河，都是雌性的。确切地说，所有的河，都是女人。

比如河中溅起某一滴水，比如夜晚，比如繁星满天。

那么这水，应该，也会映照整个银河。据说银河里没有波光粼粼，没有沧浪滔滔；据说，银河中，每一粒淡弱的星光，其实都是一处繁华的世界。

那么，是宇宙博大，还是这滴水博大？

宇宙可以无休止地延续下去。这滴水也能。

只不过，我们常常寻不到她。

我坐在靠窗的座位上，头努力地探着。我想找到一滴水，一滴真正的水。一滴史前的水。

哪怕她是脆弱的。

破旧的汽车在鲁西南的乡土路上疾驰，卷起飞扬的尘土。有时汽车会经过某一座桥，车子颠簸得似一只狼狈的蚂蚱。豪华的桥、简陋的桥，钢铁桥、石板桥，狭长的桥、宽短的桥，古典的桥、后现代的桥，所有的桥都候在那里，等着淌来的水，盼着成为一座真正的桥。

却没有水。没有。

河床上种了玉米，种了花生，种了高粱和地瓜。河床是肥沃的土地。看不到龟裂的土层，看不到灰白，看不到金黄，看不到椭圆形的鹅卵石，看不到印了胎痕的蚌壳。泼入眼帘的，只有绿。庄稼们拼着力吮吸着地下的水层，试图把每一滴水，都变成货真价实的粮食。

也仅仅剩下粮食。好像。

穿行了大半个鲁西南，我们的车在努力追赶着一滴虚无的水。整整一天，二百华里，我没有见过一滴水。

我慌了。没有水，我说。

那是黄河。

那干涸的，其实是黄河。我记得是1998年的旱季，有黑漆的门上贴了朱红的对联，四个字直戳眼球：风调雨顺。

河的躯壳躺在那里，嘲笑着自己的生命。旁边的老农抓一把土，嗅着。他嗅到了什么？有水的气息吗？有流动着的水的气息吗？有雌性的气息吗？他的目光浑浊，连眼睛都是干渴的。

没有水的河，也是河；河里流淌着的，也许是凝固的历史。

那么，那是固体的河。

可是，那真的是河么？

曾经给高年级的女生写信：你是一条流淌的河。后来她流走了，河水中飘起城市。城市的砖瓦上，长了生活的苔。所以，其实，只有等河水干涸，城市才有自己的地基。地基攀附在每个人的身上；而每个人，又紧紧地攀附着这座并不牢靠的城市。人与城市，彼此寄生。所以，其实，城市里没有河。城市里，河是一种虚幻的东西。一个传说。

后来女生给我打电话，说海亮我现在怎么怎么。隔着话筒，我听到她细嫩的皮肤下面有丝丝奔流的声音，声音中带着羞涩和狂放。我知道，那里有暗流、有险礁、有红的旋涡和粉的浪涛，她的每一个细胞里，有最小的水系在流淌。那么其实，她仍是一条河了。

不是城市里没有河么？你问。

也有雨后的河。

随便撕下几片云彩，扔进河里，水就满了。我扔掉了鞭子。羊们惊恐地跑着，还有鱼，还有蚌，还有飞鸟，还有我，还有我们。大的树只剩下冠，小的树成了水草。我们逃着，胡乱地抓紧自己的影子，仅留下破败的残垣断壁。

有男人来了，拿着巨大的铲。他说，要通。于是通了。大河分成了小河，河床变成了家园。水还在淌，那是温柔的水。后来男人死了，化成河边的巨石。又有男人揣了匕首，乘舟渡过了河，女人在后面哭喊着，有人跳起怪异艳丽的舞蹈。再后来，河水中飘起了他的尸体，盛开得像一朵脆弱的莲。——据说，那天下了雨。据说，两个男人。一个叫禹，一个叫荆轲。

涸的河，与他们无关，他们只是历史。固体的黏稠的历史，还在流淌。

他们流淌的地方，没有河床。所以他们溢开了。

有时我坐在木桥上，看随风飘舞的河底细砂。盯得久了，便会眩晕。然后，河床也消失了。

只剩下我在流淌。

还有我们。

青瓷的侧面

马叙

三个龙泉

一个是早年的龙泉。传说中的龙泉，宝剑中的龙泉。伙伴们手握一支粗糙的木棍，他们模仿着小人书里的做派，指着另一小孩，说，我手握龙泉宝剑，你要听我的话，照我说的去做！其实那个时代我从未见过真实的龙泉宝剑，只是从比我们大点儿的三哥及他的伙伴们那里不时听到有关龙泉宝剑这个把地名与兵器合在一块儿的复合名词。但是，它是那么的在我们的心里扎下了根。有时，身边的伙伴手中什么也没有，只是一上一下地颠簸着身子，高举着作握剑状的右手，高喊，大将军来了，大将军来了！孩童时代虚拟的龙泉宝剑，是一种强大虚拟的权力与力量的形式，觉得有了它，万事万物就会归顺于自己。其实所有的伙伴，都只知龙泉宝剑而不知龙泉这个具体的地方，不知道龙泉就在我们西去六百里的浙西南。在伙伴们中，龙泉始终是一个传说中的地域，觉得那里终日雾气弥漫，山高林密，仙道出没。

再后来，知道了世上有一种瓷器叫青瓷，想象着它冰清玉洁，那时，正值青春期，对着可望而不可即的美少女、美少妇时，就会想到青瓷这个器物意象，青瓷，青瓷。那时的青瓷意象，不是具体的器物，而是一个象征，时间、美、清洁、脆弱、虚幻，几种感觉被合成于一体。与龙泉宝剑相比，龙泉宝剑是少年的幻象，而青瓷则是青春与成年临界点上的幻象。这两者都是来自内心深处对不可见器物的膜拜。我从少年到青年，一直都没见到过这两者。但是，这后一个幻象，一直保持至今。就是后来见到了真实的青瓷，我也还坚持自己的这种象征比拟。在参观龙泉青瓷市场时，行走在遍地的瓷器中间，面对商业化的工业流程生产出的青瓷，我仍然坚持把另一种青瓷从中分离出来，这种分离也是虚幻的，因为它几乎不再存在，它只存在于博物馆及极少数的民间收藏家中。在龙泉的青瓷博物馆，看着各个朝代的青瓷，我似乎还在把它们往少里减，我在自己的潜意识深处是那么愿意把它们减下去再减下去，把它们一直减到最后几件，让它们成为真正的世上孤品，让所有的人都可望而不可即，让它成为所有人的一种幻象，成为器物中的断臂维纳斯，成为文化深处的绝对存在。离开青瓷博物馆时，回过头来看它，它的外形与普通的会堂差不多，但是，它里面处于幽暗时间深处的青瓷，把这若干个意象——时间、美、清洁、脆弱、虚幻——保存在青瓷原产地龙泉市。这已经是另一个龙泉，文化的、历史的、时间之中的龙泉，在青瓷背面的龙泉，既是现在的也是过去的。

还有一个龙泉。这个龙泉存在于亲朋之间。我的三叔早年是龙泉深山一个林场的职工，做了五六年后于困难时期，裁减人员时被裁回了家。他说起龙泉时，就说，那时在那里，那山很高很深，那树也是很高很密。他常沿着瓯江上游的流水为林场放排运送木材到丽水等地。小时候，我们问他，龙泉宝剑啊，你有没有啊，你在那里看过的啊。三叔说，没有，但是听说过的。那时，就是在龙泉做事的三叔也仅是听说过龙泉宝剑。但是我们从来没问起过青瓷，三叔也从来没说起过青瓷。想来那时青瓷与我们的生活真的是离得既遥远又切近。那时我们手上端的粗糙大瓷碗也许就是龙泉烧出的日用瓷，但我们从来不知它来自龙泉。而对艺术观赏瓷，少时的我们也是从来不知道。三叔后来去了龙泉林业局几次，要求复职，但都是无果而返。再后来，龙泉林业局每月补贴他三百元生活费。每当我看着他日渐老去的背影，就会想起龙泉的山林与深山间的流水。还有许宗斌君，他是前一届乐清文联主席，他早年也在龙泉一带做过油漆匠。很长的时间里，我与他在一个办公室里两张办公桌前面对面坐着。他曾经与我说起过龙泉，他早年在龙泉山间行走，走村串巷做刷油漆的活。后来他数次去过龙泉，写下了有关龙泉及瓯江流域的许多优秀文字。说起龙泉，他现在仍然是那么的熟悉！

青瓷，以及它的碎片

看到的青瓷都太完整、太完美了。青瓷宝剑节的龙泉青瓷露天市场，在红色的遮阳布下，有着许多圆润精致光洁鲜亮的青瓷器。精美、精巧、闪亮、冰清玉洁，没有一点瑕疵，哥窑的裂纹太有规则。市场工作人员对我们说，这些都是现代化工艺烧制的青瓷。看着这些瓷器，感觉这些青瓷所经历的时间历程与制作工艺都过分的完整和流畅。过后，工作人员又说，还有一个摊位的青瓷是唯一一家用木柴烧制的。这样，唯一一家用柴火烧制的青瓷摊位出现在我们的眼前。这个摊位上的青瓷色泽没有另一些摊位上的青瓷光鲜耀眼，它们略显暗淡，哥窑的裂纹颜色也较那些深。看着这一个摊位上的青瓷，我想，我是喜欢它的。但是，俯身察看，我却看不到更多的人与物的对话痕迹，它应是沉在青瓷的内部，色泽与形制仅是它的语言之一。当我的手在它的表面上掠过时，我仍探不到它的实质质地。

作为一个俗人，我对青瓷的感受是浮泛的。在这个过程中，我对掀开商业表皮的努力是无力的也是无效的。在强大的商业化生产面前，我一直企图伪造一种距离，但是，我却是那么的深陷于其中，面对面前过分整齐、过分完美的瓷器，面对它们迷人的光泽，我差点忘了另一种时间。是木柴重新唤起了这种有别于商业时间的另一种时间，它是稍显笨拙的，有些灰暗的，不是光彩夺目的，甚至粗糙的。但是它却切切实实是制作工匠、窑工与青瓷间很私人化对话的过程载体。我想象着满手瓷泥的工匠专注又分心的样子，他们的手指深陷在瓷泥中，一边拉坯一边精确地感受着瓷坯的厚薄、形制。我想象着这是一种人心的传递。工匠与窑工背后是家人、亲朋、四季冷暖，以及他的喜怒哀乐。如果是更年轻的工匠，心思更不可能专一，他会被对面走过的一个年轻姑娘分了心思，改了原有的形制，因此，他的手中就会有废瓷器做出。但如果这批青瓷不很废，还可以对付过去，那么这些瓷器就会因此有了另一种时间与内心的痕迹，内壁上会稍带点波纹状，当然有经验的师傅用手一摸就知徒弟分心了，但是只要能够过得去，这批瓷也仍然能卖个不错的价钱。这是我对年轻工匠的想象。直到去大窑古窑址，这种感觉与想象贴着宋代古道一步一步地往深处走。与我们同行的还有来自遂昌的两位带着孩子的少妇，她俩对古窑址有着与我们不一样的日常的表情，来古窑址在她俩看来，是平常旅行的一个平常内容。但是，她俩在古窑址上，在这个年代久远的废墟上，少妇的鲜活美艳，使得古窑址显出它更加荒废的意味。少妇与古窑址，这是两个非常现代的意象叠合。两个带着孩子的少妇，背着登山包，健康丰满。两个孩子拖着她俩行路的后腿也成为她俩快乐的尾巴。在宋代与五代的时间深处的青瓷工匠与烧窑窑工，他们不知在今天还会有美艳少妇来到这里俯身察看这曾经辉煌过的却已经荡然无存的古窑。叶放先生指点我们看一座农民黄泥墙土屋。整堵泥墙上夹杂了无数的宋代青瓷碎片。叶放先生说，这是青瓷文化墙。距这座土屋二十米处，顺着山的边坡向上延伸的古窑址基本上看不出来是古窑址，但是细心的叶放先生耐心地指点我们看它的细节。我也确实从叶放先生的指点中看出了窑址的痕迹。

下午的阳光照耀在古窑址上，此时，阳光让我的感觉退回到了时间深处。在农民的菜地里，布满了青瓷碎片，它们与青菜一起，一边是安静的俗世生活耕作，一边是同样安静的久远的制作深痕。在这块山坡地里，至少有四种意象：古窑址（扩大了的青菜地）；作为文化人的叶放先生、我、黑陶；午后的阳光；美少妇与孩子。而这时，这四种意象已经深度混合在一起。古窑生产过程中产生的碎片，碎片在青菜地里的与泥土的混合，蹲在青菜地里的少妇手里捧着青瓷碎片，而阳光则笼罩在所有事物之上。与此同时，我的手里也有着几片碎瓷片，我在青瓷市场探不到的青瓷的实质，在这里被我隐约感触到了，我从它的不规则的横断面看到了它的内部状况，即使是隔了久远的时间，它的内部质地还是毫无保留地呈现在了我的面前。对碎片的探究，我感觉到了它们不同的疏密质地与釉面色泽。有一个完整的碗底，它向四个方向展开的青花花瓣仍然是那么的生动新鲜。两个少妇手中的碎片，更细更小，它们带着宋代的凉意，略略地降低着女人丰厚手掌上的体温。我想，她们也会隐约感觉到远逝时间么？她们会拿它与自己家中的工业化精美瓷器做比较么？我们离开古窑址时，两个少妇与她们的孩子仍然在那里俯身察看着满地的青瓷碎片。而太阳也正向西斜坠下去，这个时候，原先的四种意象，只剩下两种了：安静的古窑址，以及略带着俗世情怀的两个少妇。我隐约感到时间也将很快地在这两个少妇身上逝去，如果那时她俩还藏有一块青瓷碎片，而一块青瓷碎片，足以让数代美少妇于不知不觉中红颜消尽。

鹤顶兰

刘绮

围绕着茶山的云雾，翻滚着，像一片白色的海洋。爱伲小姑娘契路行走在山间小路上，好像置身于云海之间。清晨的露水，沾湿了她的黑绒布鞋，粗布短裙随着她的走动，有规则地摆动着，她已不戴那种钉银泡的爱伲花帽，而是梳了两条细细的，一边高一边低的小辫子。

契路心情很好。她听那山间引来的流水，沿着架起的竹卷槽流到村寨，好像唱着美妙的歌；她看屹立在半山的高大的刺桐，正开着鲜艳的花，好像树枝上站着一排排小红鸟。今天本是假日，契路还是照样朝着学校走去。

老师的宿舍和教室形成鲜明的对比。宿舍是草顶竹墙，比较简陋，而教室是瓦顶泥墙，宽敞明亮。契路常听见家长们说："你们娃娃真有福气，遇见多么好的老师哟！"

契路一眼看见杨老师那熟悉的灰色长裤，方格衬衣，早已洗好晾在竹竿上了。糟糕，自己来晚了，她进门就找扫帚扫地，“杨老师，你怎么不等我来呢？”

“契路，你早啊！”杨老师看看契路自己梳的辫子，随手递给她一面小镜子，“快坐下，让我重新给你梳梳你的小黄毛。”

杨老师那双软软的手，不但能在黑板上写出漂亮的粉笔字，还能把自己稀疏发黄的头发，不像普通那样只分三股，而是分成五股，梳出的辫子细密有致，整齐漂亮。

契路和同学们是多么喜欢杨老师啊！记得那个阳光明媚的春天，杨老师面带微笑，轻盈地走进教室，说起话来像弹月琴那样好听。“同学们好！我叫杨欣，是你们的老师。今后我们就要学习、生活在一起啦！”从那以后，契路的心上，好像打开了一扇窗户，在她面前展示出一个新奇丰富的世界。

杨老师把收音机拿来。随着音乐声，他们挥臂弯腰，像小猴子似的学做广播操，“一、二、三、四”。“玻、坡、摸、佛”，同学们像小鸟啾鸣齐声跟着念，“人、人、大人、小人、男人、女人”。“车、车、单车、马车、汽车、火车”。一年级，二年级，会认字了，会数数了，能看小画书了，知道一亩地产多少粮食，一亩地摘多少箩茶叶。

杨老师最会讲故事啦，什么“龟兔赛跑”“老虎外婆”，我们一听就入迷。契路连晚上做梦都会梦见勤劳善良的红鱼姑娘。至于杨老师讲的英雄人物的事迹，就更加深深印在心上。雷锋叔叔平凡而又伟大，甘愿为人民当一颗螺丝钉；爱伲人的英雄山达叔叔，在自卫反击战中，建立了功勋，他小时候也是生活在这座茶山上的……

下课铃一响，也是最欢快的时候，同学们围着杨老师，放开嗓门唱“我爱北京天安门”，拍着巴掌跳起“咚叭嚓”。

就说上星期到茶厂看电影吧，契路扭伤了脚，散场以后就是杨老师把她背回了家。她身上有一种多么好闻的气味呀！

门口传来了响声，停下一辆单车，一个戴着眼镜的客人，擦着额上的汗水，累得上气不接下气，显然他是推着单车上山的。契路正想问他要找谁，客人说话了：“你就是小契路吧！”

杨老师应声而出，不知怎的脸红了一下，给契路介绍：“这是中心小学的李老师。”

“李老师好！”小契路有礼貌地鞠了个躬，好奇地看着客人。真奇怪，这个李老师怎么一来就知道我是契路呢？看他那样自如地从杨老师手里接过毛巾洗脸，然后随便坐在杨老师床上，把平平整整的垫单一下坐皱了，倒一点儿也不像初次来访的客人。

“累了吧！这是我们自己采制的春茶。”杨老师端来一杯碧绿的茶水，可不知怎的脸又红了一下。

“真甜啊！”李老师呷了一口清茶，颇有深意地看了看杨老师，“小杨，你们这茶山可真是高哪，只能让单车来骑我了。”他像变戏法似的从单车架上拿出一包书，“看我这个义务邮递员怎么样？新华书店刚到的，喏，小契路，这是你的。”

契路接过来一本《365 夜》，也就是说有 365 个好听的故事，她高兴地拍着巴掌，这是一本盼了好久的书呀！

“契路，你的语文成绩很好，以后每天给同学们念一个故事，好吗？”李老师亲昵地抚摸着她那一头黄毛。

“哎呀！太好了！”杨老师接过李老师送来的一本厚厚的书，爱不释手地翻看起来，“我没有读过师范，你知道，我是多么想当一个合格的老师啊！”

小契路看到李老师的到来，使得杨老师格外高兴，她想到该回家拿点菜来，让杨老师好好地招待客人，就懂事地告辞出来。

迎面遇见公社文书车勇，这是个快活的、消息灵通的小伙子。“契路，跑那么快做哪样？”

“我们杨老师来客人了！”

“是李老师来了吧？”车勇很有把握地问了一句。

“咦！你也认识李老师？”契路的眼睛瞪得挺大。

“鼎鼎大名的李颖，模范教师，谁不认识？等着吃你们杨老师的喜糖吧！”

“吃杨老师的喜糖？”

“憨娃娃，汉族干部吃喜糖，就像我们爱伲人吃芭蕉心煮稀饭一样，李老师和你们杨老师，倒是天生一对。”

车勇真诚地赞叹着。

契路完全明白了，原来大人们早都知道，只瞒着我们小娃娃呀！她想起阿妈说过的话，“姑娘大了，都要结婚嫁人，这是一辈子的大喜事”。马上一阵风似的跑回家，抢先告诉了阿妈。

阿妈果然很高兴，凑近火塘点燃了弯管小烟斗。“你们杨老师整个心都贴在你们娃娃身上，早该操心自己的婚事了。好人终有好报，这下子让人放心喽！”

契路在园子里拔了一棵白菜，又摘了些青辣椒。“阿妈，我送菜去了。”

“契路，等一下！”阿妈从鸡窝里捡出六个鸡蛋。

契路接过还保持余温的鸡蛋，轻轻地装进竹筐。

“契路，再等一下。”阿妈“噔噔”地又上了楼，拿下一块烟熏的麂子干巴，看来阿妈真是想把什么好东西都带给杨老师。

契路听大人们都夸这桩亲事，好像吃到喜糖似的心里甜滋滋的。杨老师喜欢的人，她当然也喜欢。契路对李老师印象很好，他对人那么亲切，而且带来了多么好的礼物！

“小杨，按照晚婚的年龄，咱们也够标准了吧！”契路刚走到门口，就听见了李老师的声音。

“这我没有意见。”

小契路忍不住轻轻拍了下巴掌，这就是说杨老师答应了。

“小杨，调到我们学校来吧！咱们在一起更可以在事业上互相帮助，白天给孩子上课，晚上去家访，一起备课，改作业。我们党校条件好，你也可以认真总结教学经验，更好地发挥你的才能。”李老师说得很快，话语充满了激情。

“不过，我喜欢这里的一切，白色的云海，绿色的茶林，那些纯朴可爱的爱伲学生。你知道，家长对我像亲人一样……”杨老师像朗诵诗似的声音很轻，契路全都听清了。

“小杨，按照传统习惯，你也该到我那里啊！”李老师说了句玩笑话，冲淡了暂时的冷场。

小契路听不下去了，她把小竹筐放在门口，委屈地转身跑了，差点没掉下眼泪。“哼！我白欢迎你了，原来这个李老师是要把杨老师要走啊！还说什么按照传统习惯。阿妈原是坝子的姑娘，嫁到了山上，傣家也不兴招姑爷上门嘛！”她简直不能想象，没有杨老师，他们将怎样生活？谁教他们文化知识？谁给他们讲好听的故事？谁会梳那么光滑漂亮的五股小辫子？谁又带他们去州上参观访问？

小契路记得去年这个季节，杨老师带着他们走在自治州首府宽敞的大街上，两边是高大的办公楼、招待所、商店和食堂。运输总站有那么多的客车、货车，开向四面八方。电影院里连白天也可以放映电影（小契路在茶山只看过露天电影，白天或者下雨就放不成了）。杨老师带他们参观工厂，一捆捆甘蔗，送进大机器里，就淌出了糖蜜……

契路记得最清楚的是，他们在傣族村寨看到一棵大青树，吊满了一种花瓣上有一点红的兰花。杨老师面带微笑，看得目不转睛，采下了两朵花，珍惜地托在手心上，像在教室上课似的，热情洋溢地讲解起来：“这是一种气生根的热带兰花，因为很像动物园的丹顶鹤，因此得名

‘鹤顶兰’。这种花适应性很强，它们离开地面附生在树上，只靠悬在空中的根茎，获取水分和阳光，一点儿不娇气，也从不炫耀自己，不但可以供人观赏，还是有用的中药材！”

杨老师喜欢鹤顶兰，她不喜欢爱哭的、娇气的小姑娘。

鹤顶兰，对了。契路知道阿婆住的那个傣族和爱伲人杂居的坝区村寨有这种花。她像一阵风似的往山下小路走，真是又省劲又快当。遇到陡坡，她索性掖好短裙，蹲着身子朝下梭。她感到越来越热，口也渴了，就随手从路边采几颗橄榄含在嘴里。契路的眉毛聚拢起来，又逐渐展开。橄榄吃起来先酸后甜，真是好味道。

小河像一条白色的飘带，在太阳下闪着波光。几个挑水的傣族姑娘，正在河里洗着长长的头发。在凤尾竹的掩映下，出现了阿婆居住的村寨。

更让契路高兴的是还不等走进村寨，就见着像一把大伞似的大青树，垂下了一根根手臂粗的枝条。再抬头一看，契路高兴地直拍巴掌。树上长满了鹤顶兰，细长的叶片四面伸展，白色花瓣尖上，染着一个引人注目的小红点。

爱伲小姑娘爬树都是能手。她们常采黄花做菜，或是上树摘果子，还喜欢在大树上拴秋千，荡得高高的。契路掖好短裙，爬上大青树，坐在树杈上。她仔细地分开鹤顶兰的气生根，小心翼翼地把一丛丛花摘下来。

眼看就到阿婆家门口了。阿婆做的芝麻糖又香又脆，烘烤的小鱼那才叫好吃呐！

太阳变幻成傍晚的红霞，小鸟叽叽喳喳飞回了自己的窝巢。“哎呀！时候不早了，我只有下次再来阿婆家了。”

上坡路走起来吃力多了，速度也减慢下来。一丛琐梅长在路旁，闪着熟透了的紫色光泽。要是在平常，小契路一定要痛痛快快吃个够，再用蕨草编个小篮，把剩下的带回家，现在可不行，得快点赶路。彩霞一下不见了，天黑得好快呀！

脚上怎么凉冰冰的，一只怪吓人的大蜥蜴爬了过去，又是什么扯住了自己的短裙？怎么糊里糊涂走到刺丛里来了？树叶沙沙的响声，更给黑的树林，增添了恐怖的气氛。契路长到十岁，从没有独自摸过黑路，脚底下磕磕碰碰，一颗心都聚缩在一起。她只是不住地鼓励自己：“快走！快走！决不当一个爱哭的娇气小姑娘。”

小契路终于回到学校。周围静极了，也黑极了。杨老师的窗口还亮着灯光，门口停放的单车不见了。

小契路睁大眼睛四下寻找。她选中了杨老师门口的一棵大树，悄无声息地爬了上去，把一丛丛鹤顶兰，匀称地摆在树枝间。

让鹤顶兰吸取夜晚的露水和清新的空气，开得更加绚丽多彩。明天清早，杨老师推开门，第一眼就能看到她的精心之作。

我看繁星比瓜大

何贵同

这两年，我待在山里的时间多，有时就住山里。我的小院有一圈篱笆，篱笆其实什么也栅不住，夜色总是乘虚而入，反倒是星空把群山栅住了。有次我站在小院里，趁着酒兴，一抬头，漫天的繁星就那么垂着，一颗垂得比一颗低，让我想起一句诗：我看繁星比瓜大。

我常坐在小院里，点一根烟，等暮色从远处赶来。傍晚奇妙得很，只要用心，你会发现，和风一起穿过山林的，还有暮色。我听见风声走远了，又折回来，再抚摸一遍花小沟；暮色悄悄掀开天空的帷幕，星星刚挂出来的时候，并不及瓜大。

鸟鸣，旷野，山风，暮色，慢慢流走，在我脖颈和手臂上划出一片清凉，星星就大起来了。

在暮色到来之前，是有一群羊从篱笆外经过的。我喜欢羊群，它们列着不整齐的队，像晚归者。但我不喜欢牧羊人。牧羊人把羊赶得太急，有时会砍倒一棵树，让羊群停下来，吃光所有叶子。羊群已经把篱笆外的花草都啃噬完了，这不要紧，它们还会长出来。当然，我也看见红嘴蓝鹊歇在树上，它身上覆盖着一层和星光一样神秘的蓝光，黑白相间的羽毛谦让着，竟然让出了一条长尾，长尾优雅地垂下来，像工笔画中美人拖着的一袭长裙。

正当我找来相机想留住它的时候，它却腼腆地飞走了。

其实，有一群红嘴蓝鹊从清晨就开始光临我的小院。我起床的时候，它们已经在书院的玻璃门前照镜子。有一回玻璃门敞开着，它们就径直走进展室里去。前年夏天，书法老师到书院给附近村里的孩子上书法课。那老师从来没见过红嘴蓝鹊，悄悄对我说，你看，来了两只野鸡。我会心一笑，其实红嘴蓝鹊除了喜欢照镜子和热爱艺术，它们还非常聪明。因为直到如今，我都不知道它们住在哪里。

只是有时候想到它们回家的第一件事，是把尾巴卸下来挂在衣帽架上，我就忍不住想笑。

中午的小院子，多半都留给了阳光或是雨水。以前篱笆把院子围得空荡荡的，自从两个朋友合伙在我的院子里挖了个坑，我就一直在想栽一棵什么树进去。他们把坑挖得很圆，也深，足够一个四十岁的男人把下半截埋进土里，也足够栽种一棵名贵树木。后来，我从附近村里移栽了一棵泡桐，连梧桐都算不上，但春夏秋冬姿态各异，它仅仅符合我对一棵树的理解，后来我才想明白，其实栽什么都可以，不栽也是完全可以的。

朋友来得多时，小院子刚刚容得下，喝茶、聊天，还可以露天烧烤。其实更多的时候是我一个人，我特意弄了一只小火炉，没有红泥，也没有绿蚁酒。篱笆外无风雪夜归人。深夜也没有红嘴的鹊精和狐仙来敲门。

一转眼，我就在山里待了两年。看来我的篱笆并没有栅住四季，光阴就是从篱笆的空隙里，随着山风和暮色悄悄溜走的。看山、观水，越来越木讷，我像一个被山水栅住的人。

我希望很多事物都能留下来，诸如时光和流水，诸如桃李春风和江湖夜雨。我最希望的是朋友们也都留下来，月下弹琴，花间饮酒，然后一仰头，说，繁星真的比瓜大。

那些年

朱镛

泥土的光

仿佛一出恶作剧，劳力虚空，庄稼偏偏熟得如此诱人。许多年都盼着的好收成，许多年都在土地上挥汗如雨，还许多年想着要是土地宽一点，再宽一点，苞谷洋芋就可以多种下一排。许多年，从没有感觉到令人动情的秋收季节，庄稼地像一张死床，枯黄的草叶，像庄稼寿终正寝的寿衣。

对不起，故乡，恕我不敬。在这个所有植物都把丰足的头垂向大地的季节，大地上到处的果实，它所奉献的崇高，令任何人都感动！可我实在无法赞美。秋收的喜悦？满仓的粮食？敬祝和感激。我相信，这一切是存在的，所有的劳动力都值得欣慰，甚至兴奋。在辽阔的庄稼地上，果实闪闪发亮。

我以为土地养育所求有度的庄稼人，每个人在丰收的时候除了喜悦还会有什么？我从来都没想过这个问题，但是，它真的还有。还有绝望。这真让人不可理解。而我在这里，只想忠实地记录一个年迈的生命。她虽然只是个体的生命，但她与中国的乡土水乳难分。我记下她，或许正是我不能忘记村庄的生活方式，也或许，只是心甘情愿地承认了生命的衰老。更何况，谁又能肯定，我记下的衰老，不是每个人的未来？八十多年了，她在这块土地上早出晚归，也曾在无知无觉的年龄，感到自己的生命和劳力，怎么也用不完。

这个八十多岁的老人，她就坐在我家门口，不住地叹息："那时力气是个怪，今天用了明天在。"是啊，年轻气盛时，力气像口取之不尽，用之不竭的井。可是，今天呢，对自己的土地那份热爱的感情，浓得像血，却心有余力不足啊！土地养活了先祖，养活了自己，自己却在土地的滋养下，逐渐衰弱如羊。她与她同时代的人，都一模一样地只有一种形式的过去，一模一样地只有一种形式的现状，就是再也没有能力从曾经的一贫如洗，去体会完成劳作的苦楚和已经完成劳作的成果之间的欣喜了。

“地里的庄稼黄啦！黄啦！全都黄完啦！再拿不起来，又要烂在地里了。”说这番话的时候，她和我母亲坐在一堆苞谷前，正在拿起手里的苞谷一个一个地摸着它们。我站在那里，老人摸着摸着就无语了，摸着摸着就双手颤抖，摸着摸着就泪流满面。她撩起衣角，擦了一下泪水，和我的母亲说，“要是天收了，也没个盼头。这么好的收成啊，反倒让人扯心扯肝，让人心死！”我的母亲，耳已不太好使，只是模糊地听见她在说话，也就对应说：“是呀是呀，今年苞谷比哪年都大个，看着就惹人爱！土地好啊！哪里都埋人。人也好噢，活着地里有庄稼，死了天上也有个位置。”两个老人的对话，都在自己说自己听。她们的交流，都不是用语言，而是坐在一起。因为老人的耳朵也背，她听不见母亲和她在说什么。她只是看见母亲的嘴没动了，她又说：“黄泥巴都捂到嘴了，就看得见点泥巴的颜色，活过今天不知明天，管它了。都秋天了，儿子也不回来收，它要烂，就让它烂吧！没指望了！”

说着，老人就站起身，也不和母亲打招呼，弓着腰走了。

我喊她，她听不见。头也不回，把手背在身后，一碎步一搓地地向前走。这个情景，让我想起了朦胧贫寒的记忆，满目疮痍的日子，再到今天一年到头吃不完的粮食，我的心为之一颤。我无法理解丰收的绝望，再看着老人猫一样弓起来的背，脸上和手上风雨割出来密密的痕迹，我明白了这绝望的忧伤。是的，这黄，这焦黄，在她的生命里，成了难以抗拒的现实，成了她无法承担的主宰。

多年前，老人的儿子，一个乡村医生，破产后，离开了这块土地。他的破产是注定的。他不知道，医者，仁心；医者，仁术。而他的仁心和仁术，全来自他自己得了病，上山采药吃好后，他就做起了草药医生。自己随心所欲买书学习医术，没人指导，没人给他建议，他就大胆地自己开了一个诊所，连同西医一起给人看病。医疗的地方，本就是一个肉身病痛的避难所。但是，有一次，他在准备为一病人注射时，针水还没抽完，病人的眼皮已经翻白。他立即颤抖着双手现去书本里寻求答案，答案还没寻到，病人已经僵硬。就这样，他经历了一场医疗事故后，家里没有一粒细粮，院子里连一只鸡都没有了。一贫如洗倒还说不上，还有两袋粗糠和半缸沙井水。多年的经营，被一次性清空，他一气之下，带着妻儿离开了村庄。在我的印象里，我眼前的这个老人，在那些年儿子挣了点钱，老人也保持她的勤苦节俭，富贵诱惑不了她；在儿子没落后，饥饿寒冷她也能坚守。她早出晚归在土地里，无偿翻挖别人家挖过的洋芋地，目的是寻找埋在土里捡漏的洋芋。在秋收后空旷的田野上，一穗一穗捡拾谷桩里落下的稻谷。为了生存，的确，那时她觉得有使不完的力气，一天之中，要踏访很多地方，仿佛脚下的土地，就是她的城池。也就在近几年，她的儿子，在春耕的时候回来把她经营的庄稼地点种上，秋收时回来收秋。

现在，秋天来了，叶子肯定要黄，庄稼肯定要熟，万物的自然规律，人类只有顺应。然而，遇上有丰收，哪里不是一片欢笑？

就我眼前的这个老人，她或许也欢笑，也兴奋，却又在兴奋中沉默。她精疲力竭，面对丰硕的果实，她并不知道她是应该笑还是哭。可是最后，她哭了，老泪纵横。

或许，这只是我的一闪之念记下的场景。我也希望仅仅是一闪之念，让她在绝望中透出希望。原谅我的偏执，可能写得过度用力，因为我不敢放松分寸。因为，她们这一代老人，寒冷，饥饿，土地犹如生活中的盐，锻打一生铁一样的宁静，现实的存在里却是满心悲怆。在劳作一生的庄稼活计里，打交道最多的土地，已经到了尽头，再也不能事无巨细地全力以赴。

我不由得想到了老人说的话，“我看见了，泥土的颜色”。是的，人的一生，最后等待的，还是泥土。其实，她们说颜色，我想说成是光。光才让人看见，活着或者死了，都在泥土里诞生。

关于泥土，我观察了多次。它在秋天的季节里，是发亮的，光芒闪闪。

猪草

灰灰菜曾经在我们的生活中，是一个不值一提的配角。在这里，我之所以突然想记叙下灰灰菜，是它在今天成了最令人动情的野菜。它在饭桌上的存在有些像我们青春的经典一样，虽然不是主要的，却特别亮眼，带给人想下口的欲望。还让我动情的，是回到老家煮猪食的烟火，让我再次想到很久以前拔灰灰菜的场景。

从本质上讲，灰灰菜属于一种生于路旁、荒地及田间很难除掉的杂草。但它却可以长到一米多高，它的茎直立，粗壮，会有很多枝条斜升或开展。它是野性的，我以为它有人性。它一年一年生长，重复又重复。你永远别想铲除它，因为它平静地与大地共处。

我记得在20世纪八九十年代的乡村，庄稼地里到处都长有灰灰菜。那时物质匮乏，灰灰菜却从无人食用，只能成为一种猪草。在我上小学的时候，每天放学，母亲都要求我背着小背篓去地里找回一箩猪草。在夏季，最多的就是灰灰菜。它又名藜，别名野灰菜、灰蓼头草、鹤顶草、胭脂菜。在我的故乡叫它灰椒菜，因为它在日头的照射下叶片卷起，像小辣椒。我以为灰椒菜是前科学的命名，它的叶柄与叶片近等长，或为叶片长度的一半，叶片上有白灰，卷起来的样子更可爱。灰椒菜的叫法才与本质亲密无间地结合，有着血肉联系的原始名称，我更喜欢它自己土生土长这样的俗名。我觉得它带着活力，只要找到一块生长的地方，很快就可以拔满一背篓。那个时候，母亲给猪和我都安排了任务。猪的任务是吃完食长肉，我的任务是每天完成一背篓猪草。在当时，灰椒菜无疑成了我每天任务希望的附言。

既然母亲把猪和我联系在一起，日子也自然混搭在了一起。猪的日子是在吃食“嘭嘭嘭”的响声中，我的日子就是标记在一背篓的猪草上。但我一直觉得猪的日子比我好过多了，它只管吃了睡，睡了吃，吃不起睡不起还可以在圈里左哼哼右哼哼转去转来地转着玩，真是吃饱了撑的！它这样其实很消耗体力，下顿吃食又要多吃一些。只要它多吃，我找的猪草就得不断增加。这让我极大地不舒服，所以只要我见它在圈里游走时，我就会拿棍子抽它，让它乖乖睡着。结果恰恰适得其反，越抽它越跳，它肯定认为我不是在抽它，是在抽风！我只得进圈里给它挠痒痒，抓耳朵，抓肚皮，它才“哼哼哼”地看着我，然后睡下。更让我受不了的是，它们关在猪圈里，不仅每天要吃两顿食，饿了总爱吵吵，和我一样高的猪栏，它们还可以一跃而过，弹跳如同一只羊般轻便。

其实我很喜欢放牧它们，并乐此不疲。因为如果白天不关起来喂养，放在旷野里，它们自由自在地闲逛，到处触触拱拱，青草、溪水、泥土，都可以进入它们的食道。这样对我来说就有很大的好处，可以减少一顿猪食，我就不用再去拔一背篓猪草。而我的父母不愿意我去放，对他们来说，放在外面粪草就流失了。把它们关起来喂养，虽然每天两顿猪食必不可少，但圈里却有垫圈的土和草，粪草相对集中。那时的粪草是个宝，大人不识字也知道，“庄稼一枝花，全靠粪当家”的谚语，小孩子从小受到的教育也知道，种地不上粪，等于瞎胡混的道理。无论什么粪，人们都如获至宝，天不亮就有人起来到处去捡。特别是放牛出去的人，如果牛在路上屙粪，人们都会伸出双手把冒着热气的牛粪接了捧回自家的粪堆上。这是人们生活中对动物、植物和土地饱含的一种情感因素。动物和人一同生活，都在大地的贮藏室。

那时，我的父母亲应该还很年轻，只是在我的印象里，他们似乎从没有年轻过。母亲头顶上从未脱下过的布包头，皱纹，父亲浓黑的胡子，患哮喘的黑铁嘴脸，似乎从来都是以一副苍老的面容出现在我的记忆里。特别是父亲的模样，自他离开了这个世界到现在，我梦里梦外出现的，永远是我童年时候记忆里的苍老。而我的母亲，在我父亲走后，尽管每次我回去她都会对我说，“你父亲走了，觉得窄窄的屋子变得空荡荡”，但母亲一直不愿意离开那间老屋。我只得常常回家，可是，见母亲一次，心疼一次。不见时，又挂念和揪心。我记得当时，只要父母不在家，我就经常悄悄地把猪放出去。我那时是典型地应了乡村的话，叫我读书，我偏要去放猪。猪们当时有如此敏捷的身体，我想一方面来自放牧对它们的锻炼，另一方面可能完全来自食用野外灰椒菜的缘故。

在我印象里，可能是那时的日子很长的原因还是其他因素，那时的猪似乎都不太肯长。一头小猪几乎都是从头一年的旧历八九月买回来，到次年的腊月，最重的猪也不超过三百斤。我的父母亲总结，猪不长肉，是吃灰椒菜的缘故。他们说灰椒菜煮出来的猪食，死铁干浆，所以喂出的猪也死铁干浆的样子，让找猪草不准再找灰椒菜。但是，那时我就发现，这样的猪被宰杀后，猪肉才放入锅里，肉味和烟火的味道就到处飘香，让人流下口水。那样的肉，是吃得醉人的。

猪草不准再拔灰椒菜，我不服气，却也不敢顶撞。虽然那时其他的猪草也很多，植物的丰富，使它们的分类呈现多种角度，以此来识别物种和鉴定名称。我不是植物学家，没有资格叙述植物界不同类群的起源、亲缘关系和它的进化。它是一种最古老和最具综合性的一门分支学科。我就是只对灰椒菜有着独特的情感，每回去找猪草，我都会把灰椒菜同其他野菜混合，或者把其他的野菜，诸如小油菜、奶浆菜之类的盖一层在灰椒菜表面背回来。因为怕他们发现，为此，我得增加劳务，不得不连同煮食和喂养的事一起做了。

主要的是，我对拔灰椒菜似乎上了瘾。它的叶子上沾满了灰，一拔就抹在手上。再稍微用力，把枝条拔断，汁液渗出，带着一股清清淡淡的芳香，我十分喜欢那种味道。还有一种因素是，我和一起去的小伙伴拔猪草，我只是到了地里就坐着，我的背篓里会自动满上灰椒菜。因为灰椒菜是最好找的一种猪草，而他们都不敢违背父母的意愿，要找其他野菜。要命的是，每次他们的猪草里都会藏着几个偷来的苞谷，或者洋芋，他们让我别告发他们，就无偿地先把我的背篓装满。这显得我小时候就很有心计。

但是，我又觉得有心计其实并不好。用我们老家的话说，有心计的人就如同心上有很多针眼，脑壳里安了弹子轱辘，或者是被上了润滑油。其实，这是机械的功能，不是人的功能，人少些心计还是要舒坦些。后来，我还是自食其力。由于每天去拔灰椒菜，导致手上的皮肤红肿、发亮，有时还会浑身刺痛、刺痒。当时一直不知道原因，直到长大后才明白，它是一种含有卟啉类物质的光感性植物，过多服食或接触，并受数小时日晒后就会引起急性光毒性炎症反应。

现在想来，大地就是如此生动。它就是为一切健康的生命，无论是庄稼，还是荒原蔓草，这本身就是一个真理。它不像今天，到处渗透着农药的剧毒。即使灰椒菜有种天然毒性，比起今天农药的毒，又算得了什么？老家有句俗语叫一物降一物，在今天，这句话应该改为一毒降一毒。农药喷洒过的蔬菜，猪在吃，人也在吃。猪吃了，人吃猪肉，一个循环，也还是如此。我的母亲现在也还在喂猪，但再也用不着去找猪草了。所以，想到灰椒菜这种当初连猪都不给吃的猪草，在今天成为餐桌上难得的野菜，已是自然。当然，在我的父母辈，它们很久以前也常吃，但那是吃糠咽菜的年代，只有野菜。

尽管，灰椒菜在乡村的庄稼地上，依然不受欢迎。但是，它永不绝迹的崇高，令我感动。它生长着，似乎就是为了证明万物复归的自然轨迹，传达着某种深邃伟大的教育。它们的蔓延，使大地上到处留有它们站立的身影。

耕牛

毫无疑问，现代机器靠近时的歌声就是牛的挽歌。只是我完全没有想到，一头水牛在村子里存在的价值会让人们如此不屑。

曾经，人与动物，植物和土地生活在一起，如此地互惠互利，紧密相连。在朱家营村子里人们饲养的所有牲口中，我一直把牛看作是它们中卑微的“平民”。在我的印象里，牛的存在似乎就只干一件事情：耕田犁地。特别在耕种时期，牛必须完成一天的任务，主人才会轻脚轻手地为它卸下背上的重负，犹如对待一个远途而归的游子。这样的场景近乎与我的生命完全联系在了一起，以至于我无论走到哪里，只要看见牛的身影，眼前浮现的就是我们遥远的童年，故乡与土地。

我回老家时，看见一老头拉着一头老水牛，遇见了另一老头。我听见他们的对话："还把老伴拉出来走走？"

"嚯嚯！你老伴呢，你不拉我就拉出来走走啰！"

再接着说的是："你闲着无事啦！还是吃饱了撑的？现在还喂牛？"说这话的人已经八十岁了，在村子里按辈分我该叫他爷。他们的对话让我想起了一个词语——时代进程。是的，在这个时代，农事的变化的确非同一般，机器早已把负重的牛替下了。牛的效益比之机器，毫无疑问滞于现代进程之外。我不知道人类是否都有好了伤疤忘了疼的习性，但我却知道飞速发展的时代，人类会对自己进行一次思想大转变。

这是 2017 年，秋天。人们的劳动已经在庄稼地上完全呈现出来，它们露出善良的面孔，没有叫任何一种劳动落空。但是在这里，我要讲述的不是大地上的果实，是两头牛的故事。一头水母牛，一头小水牛。两头牛都在我的其他作品中出现过，但我从没有专门讲过它们。我之所以单独来叙述，是因为我认为牛有牛性，也有人性。

水母牛，是当时一个恶人喂养的。这个人在我们村子里是一个心肠歹毒的人，村人们都把他称为恶人。

这件事说起来似乎有些匪夷所思。恶人喂养的那头母牛，性格温顺，他从不把拴牛的绳索拉在手里，从来都是使用他吆喝的口令：走，停，朝左，朝右，后退。他在这头牛的面前永远像个指挥官，命令一向有效。唯有一次，他在一个山腰下的水塘里给牛洗身子的时候，一向温顺的牛，反抗了起来，跳起，奔跑。他发出的指令，牛充耳不闻。他不得不第一次拉上绳索把牛逮回来，然而，牛像和他较上了劲，朝着相反的方向拔河比赛似的使劲挣，把他像个肉团一样甩飞开。当他愤怒地起来准备去打牛时，山腰上一个巨石轰隆隆滚落而来，正好砸在他洗牛的地方。

从那以后，他对那头牛无比关心和呵护，近乎于亲人的情感。他虽然敢于命令，却再也不会对它只有消费性而高高在上。为捍卫牛的信条和公正，每天夜里，他都要给它上一回夜草。他对人的态度也从那件事情后，从此改变，非常和善。那头水母牛后来生下了一头小水牛，死去了。而那头小水牛，他一直精心喂养，从未放弃，与牛一同沐浴阳光和风雨。从他现在拉出来放牧的样子可以看出，虽然他和牛都老了，但是牛和他看上去如同苞谷酿制的酒一样，清纯，宁静。他和牛的老，完全是一种安然自得的老。

另一头小水牛，曾经是我家与别人家合喂的。关于那头牛，对它的喂养，我曾在我的长卷散文《依托之地》里写朱家营村的铁匠时，刻意为它写过这样的文字："那是在八十年代的时候，土地刚下户没几年，一个村子里的人家几乎都很贫困，连一家人独自饲养一条耕牛都很困难。在我父亲和铁匠的共同协商下，他家与我们一起凑钱买了一头耕牛回来，轮换着每家放牧一个月。在村子里，人人皆知，我父亲做事就算一个十分认真仔细的人了，可铁匠在对牛的照顾上，比我的父亲还仔细得多。轮到铁匠家放牧的时候，他发现牛踩在碎石子上跳了一下，回来后，他就用报废了的车轮胎，做四只鞋子。只要拉出去放牧，他就把它套在了牛的蹄子上，以防牛脚踩在小石子上脚疼。冬天的时候，他还用棕树皮缝了四只套子，套在牛腿上。以至于那头牛在村子里所有的牛中，仿佛也显得尊贵些。我一直记得，它在走路和吃草的时候，都得意地摇头晃脑。脾气也有些古怪和霸道，一同吃草的牛，只要吃到它吃着的地方，它低着头就顶过去。最后那头牛死了。在那个时代，一头牛的死亡，对于一个家庭来说，除了是天大的一笔损失，还像是生活里失去了一份生机。为此，我的母亲还哭过，父亲永远那么沉默。”

我之所以把这段现成的文字引用，是这头牛在我的父辈们心里的地位，它是如此重要。我记得在轮到我们家喂养时，我经常拉出去放牧。我刻骨铭心的一次是，有一天我们几个伙伴都把自家的牛一同放在山野上，突然狂风、雷电和暴雨袭来，让我们无处躲藏。那时，每个人都骑在了牛背上，想赶着牛快走，但是其他的牛站着一动不动，用鞭子也打不走。唯有我们家的小水牛，它却托着我，以从未有过的速度，向着家的方向奔跑。

在当时，喂养牛是一回事，使用牛是另一回事。村子里有专门使牛的人，对于一头牛来说，他们不管牛脾气如何，只看它是否愿意出力，温顺，不躲肩，不缩脚，是否会懂得犁沟的方向。的确，我们家的那头小水牛，因为年轻和娇惯，犁田耙地时它确实不会顺着犁沟走。它任性、倔强，累了，它还会把前脚轻轻跪下，娇滴滴的。因此，很多使牛的人都说它是一头笨牛，说我放牧不懂管教也笨得像头牛。这样的话，当时对我有着巨大的打击，让我万分恼怒和沮丧。我以为，这是无端的耻辱。我以为，如果我有力气，一定会冲过去把说这话的人干翻（但那只是如果有力气的话，事实上是没有力气才那么想的）。因为等我长大有力气的时候，我既不恼怒也不沮丧，想把人干翻的万丈雄心和我的以为，全都跌落成了守护自己底线的秘密。因为这个世界上，牛被人说成笨牛，也就有人被说成笨得像头牛的。人笨得像牛并不奇怪，因为人的经验，或者说人类的经验在有些时候其实根本无法获取。比如人对生命的认识，生命不在，就是死亡。但是再聪明的人，也不可能获取死亡的经验。何况我自认为自己不算笨牛，最多算作头倔强的牛。其实井底之蛙，谁又能肯定没有它的天地？我一直对这个成语故事的解释存有偏见，都说井底的青蛙只看得见簸箕大的天空，可那天空是不是无限没有人说得清？反过来说，如果人站在天空的背景下看井底之水，我敢保证看到的肯定还没有簸箕大，看到的就只有自己的一个头，或者一张脸那么大。

牛不一样，不管人如何看如何说，牛似乎不会有丝毫的困惑与抗争。我认真地观察过它们的目光，永远深邃、执着和安静。如果你要管理它们，一截木桩，一根绳，它就乖乖地在原地。在过去，因为它们的劳作，没有谁家的牛有过体胖毛亮的时候。骨头清晰，牛毛荒芜。那不安分的骨头，受苦的骨头，似乎随时可以戳穿那层枯皮。但是，它们永远是那么平静地接受。

我从地方的一些记载里，看见这块先祖的土地，看见过对牛的说法，如此美好。看吧！“小马生一岁，肚带断九根；小牛生一岁，犁头断九部；小羊生一岁，羊油有九捧；屋后有山能牧羊，屋前有坝能栽秧，坝上有坪能赛马，又有沼泽地带能放猪，寨内又有青年玩耍处，院内又有妇女闲坐处，门前还有待客处……屋后砍柴柴带松脂来，屋前背水水带鱼儿来；赶着神仙牛，去到滋滋地里犁。”

噢！如此自然的水草丰美，没有了，没有了。玩耍，闲坐，待客，挑水就可以带回的鱼儿，没有了。之后，人们日益孤独！之后，万籁俱寂！这个过程仿佛化学的变幻莫测，仿佛在一个公共的合唱里。

看吧，牛。当时是赶着神仙牛。这种宗教看中的灵性，食草者，它守住自己内心的东西，守得很牢。它的存在，是人类与自然的一种古老的关系，在时间的某一点上，永远保持平衡！

洋芋的力量

春深了，地气饱满。大地里埋进的种子，有的急于破土而出，有的还羞涩地隐于土中。在我的故乡，春耕种植的所有庄稼，洋芋最为普遍，也最容易收获。我对洋芋的热衷和感情，不是因为现在食物的种类太多，洋芋成为一种口味的调节。准确说，是胃的记忆来自洋芋的喂养。还有一种因素，来自我上小学时，数学成绩的蜕变。它曾在一个物质匮乏的时代，维系着填饱肚子的终极任务，成为生活中的主粮，也是生活中的主宰，甚至与我们的生命都亲密无间地结为一体。

随着劳作的手，洋芋低微而不息的生命，埋进地里，然后破土，茎秆生长，叶片散开，然后繁殖。再然后，到了秋天，从土地里刨出来。来年，切开，再埋进土地里，再生长。它的生命享有不断的生长期，一直神秘地孕育，是最简单的土生土长的食物，与土地色彩差不多，是土地的一部分。

洋芋的身世秘密，更远的，我不知道，大人们也说不清。当然，查阅资料显示，它原产于南美洲安第斯山区，大概16世纪传入中国。它的学名叫马铃薯，还有很多称谓，土豆、地蛋、山药蛋等。从我有记忆开始，我听到的名称就是洋芋——老家的土语叫法。我更喜欢土语的叫法，我以为，这才是它土生土长的名称，有一种朴素的心声，有一股原生的力量。

洋芋花开，有着童话之美。有黄色、白色，或者紫色的花朵，在拂晓的晨光中，在光芒四射的正午，在金色的黄昏下，仿佛不是一块地，是一片海，一个色彩斑斓的世界。只是那时站在一片风景里，却没觉得那是风景，不过就是植物生长的花开花谢。因为每天放学后或者周末，我就会尾着母亲，扛着锄头去洋芋地里帮着薅草、垒土，让洋芋苗的根茎埋得更深。累了，就依偎在耀眼的花海里，躺下歇息，看周围的群山，看高远的天空。虽然天高地广，却以为世界就在绵延不绝的群山之中。哦，不是以为，是相信。仰头凝望，苍穹遥远，很孤独，也很自由自在。

花香浓郁，但是，我更钟情于它埋在地里的果实。上小学的时候，我是个天生愚钝的孩子，加减乘除法总是算不对。特别在学用算盘的时候，算盘拿在手里，数学老师在一旁教着口诀，我虽把得数打出来了，但也不识数。教我们数学的老师，虽然是一个代课老师，对学生的管教却极为严格，学生都怕他。为此，我经常被数学老师当成反面教材，一次，又一次，用于教育其他同学，极大地挫伤了我对数学的兴趣。从那以后，课堂上，我再不敢举手回答问题。下课后，或者路上遇见数学老师，我总是躲得远远的，或者跑得比兔子还快。数学老师不是我们村子的人，但经常要从我家门口经过。有一天，我家里正烧着一火洋芋，数学老师刚好路过我家门口。母亲看见了，热情地从火里拿了两个烧熟的洋芋，塞给了数学老师。他客气了一番，就把洋芋接在手里。我跟在他身后去了学校，亲眼看着他一边走，一边把手里的两个烧洋芋吃完了。

我觉得我掌握着一个秘密。数学老师吃过我们家的烧洋芋。这个秘密支撑着我的勇气和自豪。他上数学课的时候，我不再害怕了。他喊回答问题时，我就大胆举手。答错答对，我也不再害怕，心里想着，反正他吃过我们家的烧洋芋。在路上遇见他，别的同学跑了躲起来，我却迎着他走过去，主动和他打招呼。过了之后，同学问我："你见了数学老师也不怕吗？"我很自豪地说："不怕！因为他吃过我们家的烧洋芋。"

童年易分泌恐惧，也易分泌勇敢和光明。这样的小概率事件让我碰上，仿佛一件珍宝，被我收藏。从此，我对数学兴致锐增。以至于在千军万马挤独木桥的中考中，我保持了数学满分的成绩。

生活唤醒记忆，还是记忆唤醒生活？儿时天天吃的洋芋，并没有因此而吃怕，反倒叫我依赖。黄澄澄的烧洋芋，芳香四溢，看见和闻见，都会满口生津。我喜欢那种从外到内一致的黄，即便秋天从土地里刨出来，铺在地里，黄色的皮，被傍晚的阳光打在上面，金光灿灿，美丽而辉煌，仿佛大地是一个熔金炉。

洋芋哺喂众生。在我们老家，它是普遍的，低微的，但也是金贵的。我曾在我的长篇散文《依托之地》的食物篇，这样写过它："我记得那时土地刚下户，也在五月间，一年的粮食正处于青黄不接的时候。我那时五六岁的样子，还没有进学堂，每天就跟着奶奶去放猪。我的奶奶是小脚，所谓摇曳多姿的'三寸金莲'。她摇摇晃晃地在路边捡到了一个烂桃子，把烂的部分剔除，最后好的部分只剩下拇指大的一点，递给我吃，我也吃得舔嘴抹舌。在放猪回家的途中，我看见队长提着一提篮洋芋。那提篮洋芋就像是一个巨大的磁场，把我长得像铁巴一样的身体吸着走，保持着一定的距离，在后面跟了他很长一截路。那时，我多么希望他提着的洋芋，突然掉一个在地上，但是，直到眼巴巴地看着他进了家门，洋芋一个也没有掉出来。掉出来的，是我的清口水。我的奶奶把这件事情，说给了我的父母。我发现，我的母亲听了偷偷地抹眼泪，我的父亲，就拿着一把扫帚，上到木楼上，到处清扫，最后在楼板墙角处的耗子洞里，找到两半截耗子啃过的洋芋。为了不让火烧剥除更多的皮，父亲就用水煮了给我吃。所谓牙祭，就是在那种饥饿和眼馋、口馋时吃到一个洋芋。后来上学读到'谁知盘中餐，粒粒皆辛苦'的诗句，我深有体会。我以为，关于这两句诗，只要是有过土地经验的人，不用识字，也足够深刻地理解。"

我之所以在此重复，是因为那是穷孩子的美梦。改革开放到现在的日子，烧洋芋的香气，早已沁透我们的梦境。

对洋芋不敢妄语深谙，但它埋在土里，我不用锄头挖开，只需用眼睛看看周围的土，就可以判定，哪一窝洋芋的个头大。因为洋芋长得大的那一窝，绷得很紧的地，会有裂缝，周围的土，比其他的耸得高。

年是一生的理想

年会唤醒世间的颜色和气味。时间表，路线图，都十分清晰。现在，只要季节进入冬天，我总是开始忆起曾经过年的场景。我以为年对于人类，永远是一种“情结”的意义。

年的色彩和快乐，忙碌和充实，十分具体。只要年一到，无论是一个人还是一个家庭，都在追求或者从内心里觉得已经实现了至善至美的境界。我记得小时候，时间进入腊月就开始激动起来。尽管大人常说“腊七腊八，冻死鸡鸭”。这说明这是一年中最冷的景象，可也是作为孩子的我们最有热情的时候。因为年的气象、氛围，各种平时少见的东西，都在这个时候出现了，仿佛一年中的会展。杀猪，卖春联、年画，卖山上的杜鹃花，还有各种吃食：葵花籽、叮叮糖、麦芽糖、黍子糖、苞谷糖、爆米花等。过年真好！

年不仅孕育万物的风雨和泥土，还储藏人世的传承与理想，诸如腊月二十四必须掸尘，原本是一场大扫除，却不叫扫，叫掸。轻轻地，把尘灰掸掉。墙壁要粉刷，或者用画报、报纸裱糊。在除夕的一天，把该洗的清洗净，穿上整洁的衣服。

人与物，都上下一新。

这是对一年时光尘封的收拾。收拾结束，看着自己呕心沥血的成果，欣赏着新新鲜鲜的场景，仿佛所要获得的，基本已经实现。于一个成长的儿童来说，觉得一生的理想都达到了，即是幸，即是福，即是甜蜜。过年，虽然建立在一定的物质基础上，但并没有被财富的多寡所左右。

年就是希望，希望永远是人活着的动力。年过了，又带着希望去生活。然后，在第二年里，又想着实现理想。一年又一年，年年过，过过年，它在消失，又在重生。时间在连续，人在连续的时间里不断实现一生的理想。年的风景，也就成了人的风景。或者说，历史也就是这么延续了。

人与万物，没有距离。就是近邻或者兄弟，都似乎共同生存在一个家园里，却有许多讲究。比如在饭前，每家人要先在土地庙，天井里，火灶前，或者供桌处，敬神，祭先祖。上香，点烛，叩头如捣蒜，一点也不能浮皮潦草，那是生命本义的分裂与连续。只要敬着，只要呼唤的那个称呼或者名字还在，他们似乎就永远没有离开。他们在头顶上，全都成为生活中的守护神，护佑平安，护佑吉祥和如意。一切仪式完毕，还要用鸡蛋大的沙石放在火里烧红，再用火钳夹进用柏枝垫好的碗底，从屋子的每个角落到畜圈，用水加醋泼上去，雾气上升。这在我们地方称为打醋碳石，示意来年清清静静，无灾无难。这些行为，会赋予人心以爱和敬畏，看不见生命，却有灵魂。

新鲜，好奇，于孩子而言，那是最美好的一天。大人做什么，小孩都要去凑热闹，即便惹了麻烦，大人也只说“你走开，这不是你做的事”。不骂，也不火，更不会动手。一点不会像在平日里，不是被细条子抽在屁股上或者脚杆上，就是被骂得狗血淋头。如果家里有隔辈的女老人，那天都在做针线活，兼顾照看小孩子。她们用各种方法，让小孩子待在旁边听故事。我记得，我外婆，一个小脚老人，在我们家过了几个年，但是，外婆嘛，总是重复同一个故事。只是，生活的经验、常识和传说，也悄无声息地传入了孩子们的灵魂。所以，那时的大人孩子，知书不多，却很达理。

年饭就有很多考究。饭是要用甑子蒸的，要满。舀饭时，要从边上顺着刮，中间是不允许动的，最后留下一个尖顶。示意来年粮食像小山一样，也示意接通天上的灵气。菜要丰富，摆放在青松毛上。蔬菜是不用刀切的，蒜苗一颗颗地煮出来，白菜、青菜、菠菜要用手撕成长条，叫吃长菜，也暗藏常菜，一年四季不缺。开饭后，大人会最先夹起一个骨头，啃下肉，然后丢进火里烧，生活的烟火味弥漫，让一年到头都可以闻到肉香。饭食三碗后，才能喝汤，大人说能免遭雨淋。这种说法不知有何依据，是否准确，我没证实过。但是这一晚所有的话都是算数的，谁也不会去触碰这些民间的规则。很好的是，年夜饭，大人孩子都可饮酒。我似乎天生不善饮酒，喝五分钱一瓶的小香槟也会醉倒。小香槟消失很多年了，记得也就四五度吧，还带着甜味。后来我想，酒不醉人，是肉醉人。

那时的人都是馋的，有馋的本能和机会。

当时乡间也不知怎么会有“老婆老婆你别馋，过了腊八就是年”的说法。怎么会单单是老婆馋呢？人人都馋，都想吃到好的食物，想吃到平日里舍不得或者无法吃到的甜蜜。人人也有口福，吃得酣畅淋漓，在馋中得到了所有快乐和幸福。为了馋，即使在晚上睡前，也要把脚洗得认真。因为大人说，脚洗得干干净净，走亲串戚才有运气吃到肉。这一点，我估计是穷人教育要讲卫生的课程。但人人都把脚洗得白白净净，心里难道不也是为了馋？

过年的日子，承担着职责和使命。从过年到初三，丧气话是不能说的。所有要从口里冒出来的话，全都要挑着吉利的讲。做事也一样，图的都是吉利、祝福、期盼和美好。从贴对联开始，内容一般充满喜庆。那时家家户户张贴的对联，不外乎是“欢炮声声报喜，红联对对迎春”“国泰民安一岁胜一岁，人寿年丰一年强一年”等。横批是“大地回春”“紫气东来”“招财进宝”“吉祥如意”或者“五谷丰登”之类。这些内容，似乎贴出来就装进了人们心里，红红火火的日子就即将实现。是的，连晚上的灯，也不能像平日里那样，灯光是病恹恹的。那一晚要灯火通明，光亮四射。火塘也不能像平常一样将火放熄了，相反要烧得更旺，更红火。初一这一天，不动刀。菜刀、剪刀、指甲刀，带刀的东西都不碰。街上也不开市，即便有商店的人家，经营也只是开一个小窗口，不开门。大多卖东西的是地摊，虽然看的多买的少，街上却是很热闹。无论天冷天热，都是人擦人，人挤人。当然，更多的是年轻人，男男女女。街上会有耍猴戏的，演魔术的，表演气功的，卖狗皮膏药的，但是，只要大姑娘小媳妇打扮得花枝招展往哪里站，小伙子年轻人就会跟着往哪里挤，有时丢个火炮过去惊吓，有时故意一个追一个以不注意的方式跑过去碰撞一下。如果哪个小伙看着哪个姑娘如意，又打听不到在哪里住，即便被冷北风吹得鼻子耳朵或者满脸通红，也会等着她回家。然后，悄悄跟在后面摸清她家住在哪里，打听到姓甚名谁，慢慢托亲朋好友前去提亲。

当然，那时最快乐的，的确是孩子。每个孩子都可以坦荡直率地面对事物本身，欣喜的是穿上一件新衣服，更欣喜的是，可以看到为数不多的钱并亲自装在自己兜里。大人似乎没有孩子乐意，有句俗语说“农民怕过年，过完年就下田”。年过了，就要开始一年的深耕。但是，真的下地了，干活是不会偷懒的，人人都很卖力。事实上，大人也喜欢过年，所谓年，就是把所有的朴实和原质，在这个节气里，相互传递，以此消除人们心中的功利主义。然后，在那一天，觉得实现了自己对一个家的理想。只是现在，儿童基本远离了天然的集体主义，一些东西在逐渐淡化和消失。但是，年还是绝大多数地把人带回到母亲身边。

君子如莲

邓涛

周子：莲，花之君子者也

南昌郊外竟然有周敦颐先生的旧迹，我将信将疑，信在于周先生曾在这一带为官，疑则是太久远了，很难寻到一条准确的线索证明他出入于一个并不出名的村落，何况一个如此显赫的大儒，到了 21 世纪才在冷清的田园里获取他的一些消息，未免太迟。

但当一片荷塘出现时，我便不想再考究了。

黑色的泥汁耸起一枝高挑的杆，白的或红的瓣在清凉的风中裂开，沾着甘露的大叶前呼后拥地呵护着倔强的莲，偶有莲蓬调皮地伸着脖子张望。

环视宋朝的文化山河，从散文六家及词的万千气象的缝隙里瞄见了叫《爱莲说》的短文，沿着寥寥百余字往里走，一片壮观陈铺在眼前，这是宋朝文化的另外半壁。

孩童看莲，想起的是哪吒；书生们看莲，则不约而同地记起周敦颐先生。

有一位专家告诉我，鲁迅、周作人兄弟的远祖即为周敦颐。我毫不怀疑，似乎能从他们身上遥见周敦颐儒雅的名士风范。在我看来，周先生应该是着一尘不染的白衫，喜爱在水边从容地缓缓踱步。

在他的家乡湖南道县就有这样一条水溪，清澈且宛转，名曰濂溪。

先生时常怀想这条荡漾着他童年欢笑的水溪，那溪上有桥，桥有小亭，敦颐先生带着一身书香好游其间，正是这种剪不断的怀想，才有了濂溪先生的称谓，濂溪也成了有鲜明个人品牌效应的书院，名称遍布大江南北，尤其是湘赣两地。

孟子曰：君子有三乐，而王天下不与存焉。父母俱存，兄弟无故，一乐也。仰不愧于天，俯不怍于人，二乐也。得天下英才而教育之，三乐也。

周敦颐生于湘，终老于赣。

山水相连的湘赣两地祭祀周敦颐先生的书院到处生根，经历漫长的宋、元、明、清而不衰。

这是一个君子形成的强大气场，很多年以来，周敦颐成为古代书生们追寻的形象标准，莲也成了一种象征。

何为君子？这一如莲的形象到底是什么标准？

我的许多朋友喜爱画莲，但我总认为仅仅在要弄技术而已，无法传神，是的，植物也有神，倘若要说出一句原因的话，可能是他们心里无香。

不同民族有不同的人格崇拜，比如欧洲中世纪对骑士的崇尚，日本历史上武士道精神的风行，印度人对僧侣的礼遇，文质彬彬的君子无疑是汉人贵族精神的外在称谓，孔夫子言论中对君子的标准至少设立了十余项，诸如忠、信、义等。

周先生为人低调，在人才济济的北宋竟一时未曾显山露水，不妨从一些文人的话语中来感受周敦颐的人格。对他的评价中最有名的一句话当推大文豪黄庭坚的赞叹：人品甚高，胸怀洒落如光风霁月。

黄庭坚的这句话是周敦颐品格、风范的真实写照，他还有一段评论："廉于取名而锐于求志，薄于徼福而厚于得民，菲于奉身而燕及茕嫠，陋于希世而尚友千古。"

我们还可以从潘兴嗣的《濂溪先生墓志铭》的盖棺之词中认识遥远的周敦颐，他是一个"笃气义，以名节自砺"的人，谈及周敦颐"奉养至廉"时，举了他临终时的例子："服御之物，止一敝箧，钱不满百，人莫不叹服。"

洁净自爱的周敦颐干净地来，干净地去。除了如炬的思想，在物质上，他几乎一无所有。这是一种凄凉，孤绝的莲花，在清冷的风中摇曳，独放的凄凉，却在我们心中挺立成不凋谢的美丽。

周敦颐的价值观在他的文章里都有清晰的阐述，除了著名的《爱莲说》外，其实还有一篇他在湖南永州时写的《拙赋》：

或谓予曰："人谓子拙。"予曰："巧，窃所耻也，且患世多巧也。"喜而赋之曰：巧者言，拙者默；巧者劳，拙者逸；巧者贼，拙者德；巧者凶，拙者吉。呜呼！天下拙，刑政彻。上安下顺，风清弊绝。

这就是周敦颐，对当下中国都是具有模范作用的君子。君子三乐中他已失去了一乐，此乃天意不可违背，然而二三乐人力可寻，他用一生的时间在寻找其中的快乐。

他除了立身立言，作为一个文化的“布道者”不遗余力地立书院，我截取了一段他在江西的不凡的履历。

康定元年（1040 年），敦颐先生来到修水，任洪州分宁县主簿。他广结鸿儒，创立了景濂书院。到了庆历元年（1041 年），敦颐以分宁主簿的身份监税袁州萍乡县芦溪镇，也“立书院以教授”，即为宗濂书院。

在虔州（今赣州）任职时，与知州赵抃一起去赣县讲学，因赵抃谥号清献，周敦颐号濂溪，于是，后人把他们讲学的书院命名为清溪书院。

赵抃先生奉诏赴京，敦颐难舍这种缘分，相送甚远，并一起周游今万安境内的龙溪，后来任职于此的地方官员感慨赵周之间的情义，建了一座龙溪书院祀二人，最后书院亦更为濂溪之名。

周敦颐期待着这些书院里能走出一个个和他一样中正仁义的君子。

这是温暖的时代，文化是社会所崇尚的风度。一个王朝的伟大并不是用版图的雄阔来界定的，在相当长的时间里，文人在暴力的威逼下退缩到历史的视线之外，当宋朝来临，知识分子有了相对轻松的环境，是这群文人造就了宋王朝的优雅。

于是，君子重现人间。

孔子：君子以行言

周敦颐长期在基层任职，正气、坚决是君子的内质所在，这在周敦颐的行政工作中得以体现。

他第一次赢得社会的口碑，即在分宁县主簿的职位上，当时这个县有个颇棘手的刑案，情况复杂，周敦颐接手后"一讯立辨，邑人警诧"。所以他来南昌任知县时，老百姓喜曰："是初仕分宁始至能辨疑狱者，吾属得所诉矣。"于是更相告诫：勿违教命！不惟以得罪为忧，又以污善政为耻。（见度正《濂溪先生年谱》）

还有经常提及的典故。一次是在南安军司理参军的任上，狱有一囚徒，法不当死，但转运使王逵欲治其死罪，周敦颐独力争之，尽管王逵开始大为恼怒，但还是听取了周敦颐的意见，觉得该囚徒不死。大度的王逵还上书朝廷，自我检讨，表扬周敦颐。

另一次是在提点广南东路刑狱的任上，周敦颐了解到端州知州杜谘，禁止老百姓取石制砚，而自己独霸砚石谋取暴利。周敦颐非常厌恶这种夺民之利的行径，于是奏请朝廷，规定“凡仕于州者，买砚毋得过二枚”。狠刹贪腐之风。

周敦颐以本色行事，从不随俗，如莲。

社会体系中正气疯狂地流失，意味着民族意志走向崩塌。在物质化的路上行走，我们轻易地丢弃了高尚的传统文化精神，而这种精神要涵养起来却是漫长的过程。

朱子：（周敦颐）不由师传，默契道体，建图属书，根极领要

周敦颐在赣南任职时，同事中有一位叫程珦，见而立之年的周敦颐气貌非常人，于是，让他两个十来岁的公子拜敦颐为师，即著名的程颢、程颐。

在思想锁链上程珦成了一个极为关键的链钩。周敦颐

在当时无论是政界还是学术界都没什么地位，程珦的眼力的确让人称道，寻千里马难，找伯乐何尝容易？

更重要的是这次私人间的机缘，这看起来微不足道的一次拜师实际上是影响中国思想史的事件，浩荡了八百年的宋明理学开始了它的征程。

周敦颐的《太极图说》和《通书》为理学开山。

《宋史》给周敦颐以极高的评价："博学力行，著《太极图》，明天理之根源，究万物之终始。又著《通书》四十篇，发明太极之蕴。序者谓'其言约而道大，文质而义精，得孔、孟之本源，大有功于学者也'。"

一个影响深远的传承关系以赣南的章水之滨起锚，周敦颐传二程，二程传杨时，杨时传罗从彦，罗从彦传李侗，李侗传集大成者朱熹。

周敦颐对二程可谓是悉心教授，还曾与程氏父子游万安，在云冈书堂讲学。二程曾言："昔受学于周茂叔，每令寻颜子、仲尼乐处，所乐何事？"

但大学者全祖望谈及周程师徒时坦言："程子终身不甚推濂溪。"这是让人费解的话题。

程氏兄弟的漠然冷却了许多人的期许，这种不通人情的表象也违背着理学提倡的价值观，大家纷纷猜疑着师徒间的结缔所在。一切缘于周敦颐与一位大政治家的相遇，他就是王安石。

嘉祐五年（1060年）六月，周敦颐与王安石在京城不期而遇。《濂溪先生年谱》记载："先生东归时，王荆公安石年四十，提点江东刑狱，与先生相遇，语连日夜。安石退而精思，至忘寝食。"

周敦颐比王安石大四岁，年龄相仿，正值壮年，思维能力活跃而饱满，两位大学者可谓推心置腹，纵横古今。

王安石新法遇到阻力时，周敦颐站出来，称赞变法"数百年无有难能之事"。故此，有人说周敦颐是王安石变法的支持者，这一说法影响还很大，而二程是反对变法的，由此，周敦颐继续淹没在中国思想史的长河中。

直到南宋，朱熹与张栻等人在思想界的崛起，极力推崇周敦颐。朱熹的一腔炽热感动了历史，一个精神巨匠隆重地向另一个精神巨匠认祖，终于抹去了周敦颐身后的荒凉。朱熹作《江州濂溪书堂记》高度评价周敦颐及其哲学思想，同样在南康知军任上建祠纪念，张栻作记，在江州，他带领着一大群学者名士拜周敦颐遗像，并与周敦颐后人在光风霁月亭见面，甚至升堂讲说《太极图》。

朱熹的虔诚将所有的缺憾都弥补了，像孩儿们惦记哪吒，佛教徒跪拜观世音，无瑕、圣洁的莲花上端坐的周敦颐让浩荡的哲学流派在一条汩汩流淌的溪水里找到了源头。历史终于给了这样一个始终平常心的大儒应有的名分。

淮南子：君子虽死亡，其名不灭

那么多文化的游魂，翻腾穿行成匡庐云蒸霞蔚的风光。另外一个机缘，让江西这座最北的名山又添了一分文化回响。

浪迹官场多年，周敦颐的灵魂依旧澄澈，他选择做山中宰相来优待一下自己的余生，他跟随着老庄、陶渊明逍遥于山林，完成了精神和肉体的归隐，哪里有胜景，哪里就是他们的故乡。

周敦颐被庐山之胜所动，于是有了卜居之意。他早早就布置起自己的晚年，最后与官员身份做了一次彻底切割，选择了一条发源于莲花山麓莲花洞里的溪流。他找到了生命的象征物，于是筑起爱莲堂，凿池种莲，用一篇著名的《爱莲说》来陈述心迹。朱熹后来作诗歌《爱莲池》云：

闻道移根玉井旁，花开十丈是寻常。

月明露冷无人见，独为先生引兴长。

因周敦颐平时濯缨而乐，并命寓名以濂溪。是的，他放不下家乡道县和那条叫濂溪的溪流，放不下离世多年的母亲。周敦颐十五岁丧父，随母亲居住在开封的舅舅郑向的府邸。周敦颐当年的伯乐就是他这个曾为龙图阁学士的舅舅，郑向任职杭州知府时做了一个艰难的取舍，把封荫子侄的机会给了外甥，周敦颐谋到了一份分宁县主簿的差事，在他入仕前，母亲去世了。

闻母亲墓被水浸，周敦颐请求朝廷调任南康军，这样他可以将母亲的墓迁葬庐山之下。

熙宁六年（1073 年）六月七日，君子风范的周敦颐与世长辞，十一月二十一日葬于距离书堂不远的栗树岭，母亲郑氏墓一侧，永远陪伴着庐山，陪伴着与他相依为命的母亲，并遗令后裔子孙世守江州。

我和诸友一路走到这里，颇为辛苦，但前面有朱熹先生也曾走来过，还有许许多多爱莲之人，周敦颐的肉体湮没在这壮阔的大山，可他的思想激活着无数后生的肉体，君子不死。

我嗅到清雅的香，跟踪这隐约的香意，仿佛遥见成千上万朵绽开的莲花，每一朵都是周敦颐的一种姿态，我们都是从泥中来，终究要回到泥中去，但只要有一次站立起来的机缘，就要活得像一朵无暇、圣洁的莲花。

在周敦颐墓碑右侧，嵌着一块残缺的汉白玉，刻着周先生像，现在看起来依然清晰，其端庄文秀的君子风度让我思绪的马一次次奔向那远方的宋朝。

一个知识分子，一个称之为君子的知识分子，如此的言，如此的行，坦坦如莲地活着，这样清晰的生存模板，拎在后世知识分子的手上，很沉重，要效仿更是一种难度。

周敦颐活着时官位不显赫，声名不卓著，一辈子无大起亦无大落，安静如莲地活着，传下来的文字不多，却为人类传递着东方思维的大智慧，近千年来苍生受教，褒扬不止。

怀念周敦颐，更多的是怀念文人身上逝去已久的书卷气质和贵族情怀。这种气质在魏晋时代的文字和墨痕中得以映照，也在民国翩翩的马褂长衫中窥视过几眼，更多的还是怀念精神世界的纯粹，道貌岸然的学者中间，尚有多少能将一朵圣洁的莲开放于自己的灵魂深处。

君子何在？我萌生一种焦灼的渴望，在这一个轮回里，渴望一个个身着莲花白的素衣君子们重归人间。

周敦颐一生爱干净，爱出淤泥而不染的莲花，他身后享受了官方各种封号和称谓，但还是思想界对他的称呼最有分量：周子。

百里滩风物记

李子胜

百里滩的滩窝子

一次，与友人小酌时，一位可敬的兄长问我：子胜，听说过“滩窝子”吗？我茫然地摇头，在我当时的记忆里，还真没有“滩窝子”这个概念。但在我初次听到这个名称时，一下子就被“滩窝子”三个字吸引了。很感谢这位可敬的兄长，就是他不经意间的询问，一年后，我才写出了中篇小说《滩窝子》。而这个后来发表在《青年文学》杂志上的小说，完全是这个别具风味的名称催生的。

渤海边的长芦汉沽盐场拥有百里盐滩，那盐田阡陌纵横，水光接天，所产原盐白润透明、品质纯正，自古闻名，曾被誉为“芦台玉砂”，清代曾被列为宫廷贡盐，每年向大内供奉几千块洁白的盐砖。明代中期以前，这里传袭的制盐工艺为“锅煎成盐”。清代康熙年间，制盐工艺由“锅煎成盐”改为“滩晒成盐”。在过去，生产力水平不高时，长芦百里滩盐场的工区，零星分布着很多生产小组，每个小组最多十几个人、几间工房。中华人民共和国成立前，里面有盐工以及家属长期居住生活，就是为了雨季保卤——大雨来临时，要把卤水转移或者苫盖，这一工种，到中华人民共和国成立后叫作塑苫工。从古至今，盐工们喜欢把生产小组叫作“滩窝子”。

滩，意味着荒凉，空旷、孤独、艰苦；窝子，则意味着原始，简陋、粗犷、卑微。百姓们都知道，人生有三苦：晒盐、打铁、磨豆腐。这是从行业角度来说的，晒盐被排在了第一位，而老盐工们则口口相传着盐工们的三大愁：扒盐、抬盐、拉大碡。我觉得修滩挑沟，也是很艰辛的工作，盐工何止三大愁呢。

春晒之前的修滩，盐工们都是站在瑟瑟砭骨的海风中挥舞掘锨，向堤埝上甩黏糊糊的臭泥。深挖、狠撅，奋力甩，一块儿有七八斤沉的泥坯要被甩很高，才能准确到位，而修滩之后，堤埝整齐如刀切，泥坯排列整齐，那泥坯上掘锹留下的痕迹，在阳光下闪着星星银光。

扒盐分春秋两季，盐工们得趟着卤水，用木耙将浸泡在卤水下的大粒海盐扒成小坨，然后用竹筐抬到集坨处，堆成更大的盐坨。盐坨有七八米高，堆到快封顶时，二百多斤的装满海盐的竹筐、一根扁担，压在人的肩膀上，还要光着脚（以前的盐工必须光脚，原因是怕把泥土带进盐坨，影响海盐色泽），一步三摇，登山一样把一筐筐海盐倾倒在盐坨之巅。

滩窝子，是一代代盐工辛辛苦苦制卤、旋盐、收盐、整滩之后遮风挡雨、休息吃饭的地方，滩窝子是盐工荒野里的临时安乐窝。盐工们上班，一出去就是一天，因为靠近大海，风向因为大海与陆地比热不同变化，一年365天，大概有300天时间，上班顶风，下班也顶风。盐工们早就学会了结伴骑行，他们趴在自行车车把上，排成雁阵，一字长蛇地蜿蜒前行，体力好的轮番领骑，就是为了其他工友节省一点点的气力，他们的目标就是——滩窝子。

在最难熬的冬天，冒着北风如刀的严寒，随身带着的干粮很快就冻得像块冰疙瘩。有了滩窝子，生上炉子，炉子上坐着一个白铁皮的大水壶，大水壶总是冒着“嘘嘘”的热气，让盐工们随时可以喝一口热水，祛除寒气。大家围着炉子有说有笑，滩窝子里就像家一样温暖。

盐工们把两个冷硬的馒头、几条齁咸的干海鲶鱼架在炉子盖上，馒头就会丝丝拉拉地烤得焦黄，烤馒头、烤鱼的香气，也就钻进了每个滩窝子人的肺腑。谁带了什么可口的，大家都伙着吃，滩窝子就有了大家庭般的温馨气息。

在春夏秋三季，盐工们的闲暇生活里，也有了很多独得之乐。

多年以前，盐沟里的鱼虾多得让人忙活不完，滩窝子里少不了会有很多简陋的渔具：竹竿子做的钓鱼竿，用一把生锈的锁头做坠儿绑成甩钩；用家里废弃的蚊帐布做的小搬罾；几条粘网或者是更高端的——旋网。

在广阔的盐池边，忙完了工作的盐工，提着鱼竿找一个盐沟的小闸口，放下鱼钩，抛下甩钩，不一会儿，用铁丝串了一串的海鲶鱼就炖在了滩窝子的铁锅里。

有人提着旋网，在引海水的盐沟边，悄悄地前行，看到水里射出箭镞一样飞快的梭鱼群，快如脱兔，提前掌握好量，旋网“哗”地扣在水面上，慢慢收网，仅凭手腕的感觉就知道网兜里有多少渔获。沉甸甸的旋网被提起来，白花花的梭鱼在网兜里鹿撞，盐工也不慌忙，把提起的旋网复又抛进水里，把淤泥涮干净，提着网走回滩窝子，将旋网挂在高处，慢慢把鱼摘出来。熬梭鱼就口散白酒，谁说滩窝子里没有家的味道呢？

吃不了的鱼就用盐腌起来，搬罾搬到的小虾，煮熟了和咸鱼一起在滩窝子的房顶上晒干，带回家连买鱼的钱都省了。滩窝子的温暖，蔓延到了每个盐工的家庭。

那时候，在滩窝子，十几个老爷们整日混在一起，和亲哥们弟兄一样，谁家有个大事小情，哥儿几个都会一起去帮忙。过去，帮助哥们儿翻盖个房子，帮助照顾生病的老人，谁家有个红白喜事，都有始有终地出力，这样的事，谁没经历过？滩窝子，也是友情发芽、生根、茁壮成长的地方。

过去，有的滩窝子还有绰号呢。比如，蔡家堡附近有两个滩窝子，一个叫猴子眼儿，一个叫老虎洞。名字起得随意，也许和滩窝子住的某个主人的绰号有关，也许和滩窝子所具的地势形状有关。有趣的是，有个在老虎洞上班的盐工，干脆把在滩窝子边出生的两个儿子名字就叫作大虎、二虎。有了滩窝子，孩子起名都很省心。

那些爱好捕鱼的百里滩人，遭遇恶劣天气时，滩窝子就是他们或借口水喝，或给被蛤蜊壳儿扎破的内胎修补打气，或躲避雷击和雨淋的最好的地方。滩窝子的主人慷慨好客，一来二去，很多捕鱼人和滩窝子的盐工都混成了朋友。

人生需要一个抱团取暖的地方。这个地方首先就是家庭，温暖的温馨的家庭，每个人都需要。在荒凉的盐碱滩，滩窝子无疑是另一个抱团取暖之所在。

昔日的百里滩盐场，场区辽阔，滩窝子如草原上的牛羊一样随意分布。但是，就是这些滩窝子，让在卤水中长期浸泡的辛苦的盐工们，有了一丝温暖、熨帖。

城市里的人们哪里知道，简陋破旧的滩窝子，一直和老百姓每日都离不开的晶莹如雪的海盐息息相关呢。

百里滩野趣之徒手抓鱼

你能想象吗，当你夏秋季节偶然路过百里滩海边滩涂上的一个个水汪子时，也许会遇到这样的情景：一条条鱼儿在浅水岸边冒出头，大口大口地喘息着，你要是悄悄走到水边，快些伸手，就能抓住这些呆傻的不太挣扎的小鱼。这种抓鱼的经历，很多百里滩人都体验过。

沿着百里滩曲折的海岸，可以俯瞰到波光粼粼的水面。这些水面很多都是“盐田法”晒盐的盐池。通过海边水门的扬水站，把海水汲取上来；通过很多盐沟，海水流入一个个晒盐池，海水在盐池里慢慢蒸发，池水的盐度越来越高，直至盐水下面结晶出原盐。能结晶原盐的池水，往往是铁锈般的红色，齁咸。拉水，沉淀，晒水，制卤，结晶，从海水到海盐，基本就是这个过程。在这个过程里，被拉进晒海水的蒸发池的海水，就滋养了大量的鱼虾。

水的咸度，决定了鱼虾的肥瘦，水越是咸，鱼虾越是黑瘦，直至水咸得只能生长卤虫，鱼虾根本无法存活。通常，海水刚拉进来，混合着污泥、鱼虾卵，一般海水要先在广阔浩渺的沉淀池中沉淀一下，再把海水输送到晒盐池继续蒸发。于是，沉淀池就成了人工的小海，天然的养鱼池。百里滩人都知道，沉淀池的海水是头道水，沉淀池里的鱼虾是最肥美的。它们的鲜美程度超过了生长在大海里的同类。沉淀池里的海鲇鱼，脊楞背儿都是土黄色的。那些盐度高的能生长炸炸毛的大汪子里的海鲇鱼，脊楞背儿都是墨绿的，这种鱼刺硬、肉少，味道较差。入秋后，沉淀池里的鱼虾膘肥体壮，极其肥美。这些沉淀池，是鱼虾生存的天堂，也是百姓取之不尽的菜肴仓储。

沉淀池是热爱钓鱼的人最向往的地方，往往得托很硬的关系，才可以在沉淀池钓几回海鲇鱼。人们形容沉淀池里海鲇鱼多，往往会说："鱼真厚啊，（甩）下去（鱼钩）就抻（鱼）。俩小时准钓一大篮子。"

把吃不完的海鲇鱼腌制后晒成鱼干儿，是百里滩居民到了秋后都要忙活的事。晒干的海鲇鱼，放到了冬天，是老百姓一日三餐的重要食材，可以烤制，可以熬制，可以蒸制，这里不再详细介绍。

我小时候，在盐场一个叫谭家港也叫大窝棚的工区居住。那里原来是河北省第二劳改总队所在，里面羁押了几千名劳改犯。后来劳改犯们迁走了，大量的管教人员中有的就转业留在了谭家港的东风盐化厂。这个工区就拥有了三个职工家属聚落：两个说普通话的（管教干部及家属，多河北籍），一个说汉沽话的（百里滩本地招来的工人及家属）。说普通话的孩子多是干部的孩子，他们和工人的孩子经常打群架。打群架是那时孩子们重要的业余生活内容。

我上小学一年级那年的暑假，有一天，我突然看到很多大人往东边跑去，不论是说普通话的还是说汉沽话的，大家拿着脸盆、破麻袋，乐不可支地主动友好地打着招呼。我听到他们在说："鱼都呛上来啦，快去抓吧！"

我们几个正在玩摔泥锅的小伙伴们都愣住了，傻乎乎看着奔跑的大人们、大孩子们，突然，有小伙伴招呼："咱们也去抓鱼吧！"

于是大家作鸟兽散，回家拿了家里仅剩的家什——破脸盆、破铁桶、快散架的竹筐、满是老鼠咬出的窟窿的面口袋，喜气洋洋地冲向三个聚落东面的大盐汪子。

这个盐汪子平日没人注意它，完全由老天爷来牧养，属于纯天然野生状态。这里面的鱼究竟是哪里来的，没有统一明确的答案。也许以前海水也拉进了这个汪子，后来人们觉得这个汪子价值不大，就废弃了，于是鱼儿开始自然地生死轮回。我小时候猜想，偶尔海水里的鱼卵会随着雨水落入汪子里，才给这里带来生机吧。这个汪子也不理会大家的好恶，只是每年生长了很多叫扎扎毛的头发丝一样的绿色水草，汪子水面很大，扎扎毛也生长得铺天盖地。由于水不肥，这里的几种小鱼都像难民一样，面黄肌瘦。它们和扎扎毛一样自生自灭生地长着，无人打搅。

可是那一天，这个汪子边可热闹了，我赶到时，看到好多人挽着裤腿像水鸟一样立在大埝边上的水里，低着头伸着手捞着什么。

我凑到大人丛中，才看清了，十几条黑瘦的海鲇鱼，正纷纷从汪子中间的扎扎毛丛游向岸边的清亮的浅水区域。这些鱼，很像后来我上初中时读到的柳宗元《小石潭记》里写的，“日光下澈，影布石上。佁然不动”。这些鱼游到浅水，就几乎一动不动地等着你去伸手抓了。事实上，那些水鸟一般的大人们，早就开始抓它们了，他们已经抓了很多了。

我们这些晚到一步的孩子们立刻兴奋了，这种完全陌生又新鲜的游戏一下子激发了我们的玩性，我们就立刻你争我夺地抓起鱼来。

鱼不大，身子还很滑溜，看似僵死一般，被抓的一瞬间，还会本能地挣脱，失手几次后，伙伴们互相提醒，得快点下手。

很快，伙伴们就发现自己盛鱼的设备带小了、带少了。鱼已经满满一盆，或是沉甸甸地半面口袋了，我们端不动也提不动了。于是大家就抓起鱼直接扔上岸，小鱼很快全身裹了一层厚厚的盐碱土。

这一天简直是少年时代的狂欢节，我们每个人都抓到了很多小鱼，多到没有赶上这次徒手抓鱼盛宴的大人们收拾这些黑瘦的小鱼时，因为太麻烦，心情由欣喜变为烦躁、恼怒。好在大人们也不是真恼火，我们还是得到了他们难得的肯定。

那晚，整个聚落飘满了雷同的鱼香，大家的晚餐吃着雷同的熬鱼，屋檐下晒着流水线生产一般的，大小统一的海鲇鱼干儿。后来的几天，聚落里又充斥着晒臭咸鱼的闷重气息；耳边挥之不去的，还有被咸鱼招来的大绿豆蝇的轰鸣。

后来，我才从大人嘴里得知，可能是长芦盐场工区的晒盐池不知何故，排放了卤水，卤水流进了这个汪子，水的咸度突然增加，鱼无法适应，都被呛晕了，才拼命往岸边游。

这次的抓鱼记忆，让我第一次感受到家乡盐蒿碱蓬间，死寂沉沉的水面下，还藏着一丝丝神奇。很可惜，盐场放卤水的失误，就那一次。但就那一次，也足以成为我和小伙伴们一生的谈资了。

百里滩的咸鱼

很久以来在民间就有无鱼不成席的说法吧。鱼是酒宴餐桌上菜品之核心。百里滩民间，一盘子刚出锅的熘咸鱼，在本地众多土菜中，更是头领、王者。甫一上桌，百菜小弟就得赶紧避让咸鱼大哥。

好菜永远最后上场。老饕们在餐桌边围坐好，上桌的第一道菜，大家肯定十分关注。因为此时桌上一片空白，它是第一个占山为王的草寇，不用加冕，就是核心，受到大家手里的筷子兄弟不停地低头膜拜。但随着其他菜品纷纷亮相，它的优势地位很快没了，筷子们很快有了新的俯首称臣的对象。到后来，第一道菜，甚至成为其他菜品的上马石，被后上桌的大菜压在身下，被永远遮住了才华。最后一个被贴饽饽粘卷子簇拥的咸鱼上场时，自然会位于最显眼最尊贵的位置。譬如上梁山的过程，从王伦，到晁盖，再到宋江，一个比一个威武。等到后来的宋江时代，英雄们眼里只有一个宋哥哥，谁还在乎白衣秀士王伦呢?

百里滩鱼虾多且肥美的事实，不需再饶舌。百里滩一年四季不缺鱼虾。特别是秋后，海里的、混养在汪子里的鱼虾都长大了。养殖虾从肉眼都难看到的小虾苗，长到了又粗又大有一拃来长，最大的七八只虾就约一斤。梭鱼、海鲇鱼、鲈板鱼，则从春天的鱼卵起步，长到了一斤左右一条了。

这个季节，最亢奋幸福的就是百里滩的鱼鹰子们了。无论是钓鱼的、打鱼的（打旋网）、粘鱼的（下粘网）、搬鱼的（架搬罾），动辄都有百斤以上的渔获。这些渔获集中上市，堆满了很多渔具店、居民小区的门口路边。很多钓鱼人傍晚上岸，回到自己归属的渔具店门口，在路边铺开纸夹子，把钓箱里冰水浸泡的渔获倾泻出来，分拣归类，在夜色中叫卖。那些吃完饭消化食的路人，则闻味而来，围拢着鱼摊。他们都知道，钓鱼人日晒风吹挥舞钓竿一天了，早就累得四爪朝天，他们懒得扛价，绝大多数渔获，会以远低于市场价销售。他们一心想着赶紧卖掉回家，休息好了，明天再继续体验让他们销魂的海钓。他们钓的鱼，比商贩从批发市场趸来的更新鲜。如果肯包圆，价格更低。那些谙熟购鱼之道的男主人们，摇着扇子、叼着香烟出去遛弯，他们回家时往往会提着一袋子沉甸甸的海鱼，进屋后还粗门大嗓地招呼怨气连连的老伴儿收拾鱼，这也是百里滩秋夜一景。大半夜的，一大盆鱼咋处理呢？冰箱冰柜全冻满了鱼虾。这可难不倒百里滩人，一层鱼一层海盐，有多少鱼都可以腌制处理。

腌制一宿的海鱼，会在未来三天的骄阳中，被迅速晒干，干得再无鲜鱼的弹性，用本地土语说，干得“贝儿贝儿（梆硬的意思）”的了。然后把干鱼装进透气的布口袋，悬挂在储物的小屋里，随吃随取。

百里滩人喜欢腌制的咸鱼，主要有海鲇鱼和鲈板鱼。这些年，随着钓鱼人突然摸透了梭鱼的习性，掌握了用拍杆“啪啪啪”拍梭鱼的钓技，梭鱼产量激增。因为梭鱼冷冻后容易走味儿，人们就把梭鱼也列上了腌制咸鱼的大名单。

起初，那些油性大的鱼，比如梭鱼和刺鱼，百里滩的百姓们一般都不会腌制处理，因为油性太大，晒干后储存过程中，鱼肉会很快变黄，如果存放时日久了还会“走油”。咸鱼一旦走油，味道就变得很差了。

初冬的某天上午，去早市买本地刺鱼。大一点的五元一斤，小的十元三斤。有个老大爷扶着自行车车把，和路过的行人说：“刺鱼腌了，别出卤，吃的时候捞几条，洗干净了，油煎，比（百里滩人把‘比’读成‘匹’）啥都好吃。”用海盐腌制咸鱼，鱼会渗出汁水，把海盐溶解，形成鱼卤，腌制的鱼就浸泡在鱼卤里，浸泡几个月也不会腐坏。把腌鱼一直泡在鱼卤里，不捞出来晒，这叫“不出卤”。用不出卤的办法，就可以解决梭鱼、刺鱼腌制晒干后容易走油的问题了。

用鲜为人知的“不出卤”的办法，还可以应对腌制鱼时遭遇阴雨天的尴尬。腌制了一宿的鱼，鱼肉里的水分被海盐逼出，又继续溶解残存的海盐，就形成了淡红的鱼卤，鱼卤越渗越多，会把鱼完全浸泡其中，浸泡久了也不会腐坏。如果天气不好，腌鱼干脆不出卤，直至天气放晴，空气干爽。

咸鱼的吃法，基本有四种：馏、烤、熬、炸。把干得“贝儿贝儿”的咸鱼放在温水里泡几个小时，把鱼泡软、泡淡，然后捞入盆子里，加花椒、葱姜蒜、料酒醋酱油。用高压锅蒸一刻钟，即可食用。这种馏咸鱼的吃法，值得大力推介。因为高压锅的蒸制，可以使鱼骨酥软，特别是海鲇鱼，吃的时候，除了鱼头部分，其他直接大咀大嚼就可以，鱼骨的感觉已经很模糊了。蒸制的鱼肉，会像吃猪蹄一样粘手，似乎把鱼的胶原蛋白全部激发出来了。而且，这种吃法，蒸制的鱼无论热乎乎吃，还是冰凉呱唧地吃，都很美味的。馏咸鱼之前，对咸鱼进行了浸泡，可以去掉大部分亚硝酸盐，吃的时候再搭配些蔬菜，可以尽情享受，不必顾虑太多。

烤咸鱼的吃法，缺点就是鱼太咸、太香，而且炉火也不好掌控。烤咸鱼的美味记忆，基本终止于暖气的普及。当然，用电烤箱也可以烤制，只是有用官窑瓷器腌制咸菜的大材小用的尴尬。烤咸鱼太香了，会让人控制不住食量，齁咸的鱼肉入肚，不停地喝水也难解渴。所以烤咸鱼的吃法不推荐。钱锺书在《围城》里写过一句形容烤山芋的话：这东西，本来就像中国谚语里的私情男女，偷着不如偷不着。烤山芋就是这样，吃着不如吃不着。买到手的那一个未必甜，但那香味则总会使人感到饥肠辘辘。而烤咸鱼给人的体验恰恰相反，尝试了，体验了，才不枉此生扮演美食家。

熬咸鱼，也是把咸鱼泡软泡淡，同时泡一些黄豆或者青豆，把咸鱼切成鱼块，起锅烧油，像熬鱼一样熬制，开锅后放入黄豆或者青豆，熬炖一刻钟即可。转天，熬制的咸鱼就会凝成美味的鱼冻。鱼冻可是烈酒在冬天里的好搭档啊。

炸咸鱼，因为腌制与油炸两种不健康饮食习惯叠加在一起，所以更不值得推荐了。

腌制咸鱼的习俗，与百里滩的鱼盐富饶有关，即使重视健康饮食的今天，腌制咸鱼也是一种难以撼动的美味。

那些把健康饮食看得过重，不敢吃这个不敢吃那个，包括不敢吃咸鱼的人们，很像一辈子没出过村的百岁老寿星，他们的生命虽然很长，但是每一天的体验对于他们而言，都是单调雷同的。

这个二月

叶多多

快过年了，在滇西的山村中，本该忙碌着准备年饭的女人们，不得不放下手中所有的活计，加入长途取水的行列当中。出门的时候，她们甚至来不及做一点必要的梳妆。

这个春天，云南一直被强烈的紫外线炙烤着。延绵的大地上，龟裂随处可见。

气象局说，遇到了六十年罕见的旱灾，且极有可能冬春夏连着旱。

口干舌燥，喉咙里有厚重的土呛味，躯体仿佛被烘焙过。

太阳猛烈，让人睁不开眼。

层层叠叠，漫山遍野，空气里弥漫着刺鼻的干燥。几只山羊委顿地走着，风从山冈上滚过，羊群在黄灰中不时发出喑哑的叫唤。

有妇女站在浑浊的泥浆中取水，希望能挽回眼前那片垂死的早春作物。

一趟，两趟，三趟，往往返返，糊状的泥水几近舀干，人群依然指望着，不肯散去。

长期的干旱正抽吸着作物的水分，收成很难指望了，真让人不敢往下想。

山地生活依靠季节，干旱使土地彻底沦为废物，所有的生命都缺乏必要的水分，山村正遭遇着最可怕的灾难。

人们不知道该到哪里去取水，也不知道缺水的日子要延续到哪天。一切都变得混乱、粗砾，更让人紧张，就连最唠叨的女子，也没有力气碎嘴了。

缺水的次生灾害是卫生问题。所有人的衣服、物件都不可避免地袒露着发亮的污渍。起初人们尚能敷衍地洗一下脸，随着水越来越少，甚至没有，这一动作自然也就免了。

我不可遏制地想到了刚刚蹚过的澜沧江。

这条让人惊叹的河流，我在过去的岁月中，无数次地追随着它穿行，辗转。从青藏高原到热带雨林，流过的每一朵花，每一张脸，每一棵树，每一条支流。

此刻，我就站在已经干涸了的河床上，注视着岸边枯槁的树木，注视着同我一样卷起裤脚正在蹚水过河的山民，注视着江中裸露的鹅卵石发出耀眼的光芒。

这里曾经生长着世界上最为繁盛的植物，浮动着穿越千古的传奇，生活着我最为钟情的民族和我最为至爱的人们，以及我生命中那些可以言说和不可言说的快乐和忧伤。

今后，河水，或许真的只能在河床下流淌了，尽管我明白，仅凭记忆和情感是不公平的。

然而，水确实是越来越少，树也越来越少了，或许这就是干旱袭击的原因吧。

面对着干裂的土地，见底的河床。生命的渴望和痛苦都毫无掩饰地裸露着，人、牲畜、植物都不得不与强悍的干燥对峙着，所有的生命都呈现着一种无法言说的挣扎。

生与死，存在与不存在，有什么不同呢？

相同的生命，却无法相守。通常，这是人为的悲剧。

如果说今年的旱情出自偶然，我宁愿相信它掌握着一种生态理念，一种生存中必须守住的东西。

对岸，陡峭的山地贫瘠得如同一张薄纸，而脆弱的生态又给仅有的生存空间带来了超负荷的压力。为了解决吃饭问题，人们连山坡也不肯放弃，乱石间簸箕大的土地也要点上苞谷种上荞子。但这些山地根本不保水，哪怕是雨水充沛的年份，干旱也极为严重，人畜饮水都靠天下雨，家家户户都在房前屋后挖一两个聚水塘，雨季积水，囤着旱季饮用，这种聚水塘极为肮脏，往往是人畜生病的根源。

为了活着，山寨的妇女半夜就得起身去背一天的生活用水，就连老人和儿童也要参与奔忙。

除了背水，采集野菜也是繁重的体力劳动，自古以来，自养鸡猪都是山地主要的肉食来源。无论哪个季节，女人们都必须出门去找猪食，一天都不能少。即使如此地辛劳，养大一头猪至少也得两三年。今年大旱，地头连小草都无法生长，只能设法满山遍野去找挖野菜，因此跌下山岩造成伤害的事情时有发生。

山坡的石坎上靠着背水的中年妇女阿秀。这是一次繁重劳动的间隙，许是累极了，她的姿势倾颓松垮，满脸木然。山上没有树，这是事实，她只能暴露在阳光下。

山地的女子惯常沉默，也不善于表达情绪，见到陌生人常常手足无措，此刻的阿秀就是这样。

龙潭下边的水库已经没有一滴水，秧苗也烧了。她无法面对，怎么劝都不行。

人如果被自己的生存环境所抛弃，那才是真正的抛弃。

痛苦，烦乱，极限，失望，伤心，焦虑，期待，挣扎，每一个山地女人身体里都生长着一种营营求生的力量。这种力量不断积淀在心里，练就了她们的隐忍。

龟裂的密度太大，让人有一种喘不上气来的感觉，旱灾是失衡的生态对人的迫害。人们不得不前往山神庙祈雨。很多时候，人得依靠神的力量。苍老的殿堂里有尼帕在举行必要的仪式，就连门外的台阶上也挤满了人，就像地里堆满的土豆。祈祷还没有开始，所有的人都因敬畏和渴望而安静。不一会儿，抑扬顿挫的祈祷声从殿堂里传来并持续了很长时间，那种声音郑重、无奈。只有我前面的一个小姑娘，目不转睛地盯着供桌上的那盘炸麻花，喉咙里发出清脆的声音。

人，究竟有多大的力量？突然冒出来的念头让我惊惧不已。

忽然间就有了一种想流泪的感觉，但我拼命忍住了。我自以为理智地认为，我莫名的样子是可笑的。

那天，我在那里度过了大半天说不出任何语言的时光。

天旱，地里活计少，便随处可见做手工的女子，人人腰上挂一团麻或棉，个个手中纺着线。平时不论在哪里，做什么，只要双手闲着就纺线，一坐下来就开始挑花刺绣。

生存是揪心的事，没有人敢轻易地闲着。我注意过几乎所有山地妇女的纺织和刺绣。那粗糙厚实的黑土布，那磨得光滑圆润的木梭子，那一双双沾花点叶的女性之手，无一不是那种经过时光磨砺和淘洗的颜色。

一位苗族女子告诉我，她们织布常用一种叫树子麻的野麻，每年春三月剥取麻皮，另外一种叫沙麻，也是比较常用的，9月的时候剥麻皮，无论哪种，都要将其撕成细条，放于铁锅中，用灶灰水煮3小时以上，接着用清水漂洗，即成白色麻丝，再用纺锤或纺车纺成麻线。

从纺线织布到制成一套结婚的衣服，一般需要150个工，也就是将近半年的时间，即使是日常便装也要60到80个工，一条蜡染的裙子，光点蜡这道工序就要5至7天时间。纺织并不是她们唯一的活计，只能在农闲、劳动之余或饭后夜深人静时进行。一般的女子一年只能制出一套服装，拖累大的女子一年还制不出一套服装，纺织使她们的生活失去了乐趣。

在一个景点，十多位七八十岁孤寡老人专心致志地埋头做着手工，最大的一位已经九十二岁了。她们的身旁，放着篾制的背箩，篾制的针线盒，木制的纺车，连棉线也是手工纺织的。摊在地上的簸箕里，放着她们制作的各种绣花鞋，小的仅有拇指大小，用来做钥匙扣或手机的装饰，也有很实用很耐穿的鞋子，各种码子一应俱全，黑底红花配以绿色的叶子，颜色强烈丰富，拿起一双在阳光下仔细观看，针脚明显地参差不齐。再看看她们，那枚小小的衣针捏在枯槁的手里，已经力不从心，甚至微微颤抖，那种苍老的笨拙和黯淡使人不禁哑然。

一位叫何李氏的老人反复对一个讨价还价的买主说，做一双绣花鞋通常要耗去她们几天甚至十几天的时间，不容易，有时候几天也难卖出去一双。

想想她们从少女时代起日复一日低头纺织刺绣的情状，伤感，再次抵达心脏。

回到昆明，我生活的城市已经进入了春天，绿树环绕，蜜蜂在窗外的花丛中飞来飞去，汽车，人潮，眼花缭乱，我仍然孤独地想着那些山地妇女。

唯有祝福山地的每一个生命都能安好地活着。

回家

周海亮

回家的路，候在那里，等得有些心焦，我却总是视而不见。

常常，列车把我丢进随便一个城市的随便一个角落。冬天里，外面冰天雪地，车厢里却燥热难当。到处都挤满了人，座位上，过道里，行李架上，甚至，厕所里。列车像一听巨大的沙丁鱼罐头，超载着离乡或者归家的人们，把他们变成同样的味道。车厢里却有些静，也许在狭小的空间里，连语言都会被压缩。心事会被压缩吗？愿望呢？梦想呢？压缩后的愿望会扭曲吗？扭曲后梦想会反弹吗？没有人知道。

有时我会昏昏欲睡，听着轻微的有节奏的“咣当咣当”的声响，也许广播里还会播放一首曲子，或一支老歌，配合一种纷杂的思绪。列车不时停下，下去一些人，上来一些人，到站或者启程的梦，被按部就班地吞吐。在接近终点的时候，车厢里大概都会响起那首凄婉的萨克斯曲，却并不理会人们，是真的回家，还是抵达另一处陌生。

离家，再回家，衣锦还乡，应该是最好的结局。可是真正衣锦还乡的归者，又有多少呢？梦折断了，破碎了，呈无可奈何的细小的屑，抛在旅途，晶莹的，不规则的，伤感的，白花花一片，满世界飞舞。回到家的，也许只剩一身伤痕。伤痕被一些柔柔的心包容着，回了家，就看不到伤痕了。

伤痕还在，伤痕被包起来了。更多时，家只是不必花钱的旅店，一个休养站，一个虚假的卧薪尝胆之所。再一次离家，在某个异乡的夜里，在某个阴冷的雨天，伤痕再一次裂开，淌出一滴血。这滴血，注定是还给家的。家，可以千百次回。每一次，都可以当成下一次离家的借口。家不会计较，家人不会计较，家里的桌椅板凳不会计较。哪怕那些离家的理由和梦想是支离的，肤浅的，张狂的，错误的，或者，干脆是一场灾难。没关系，有家，有回家的路。回家的路，一直候在那里。她等得有些心焦。

我在不停地忙。我们在不停地忙。梦想被自以为是地夸张，透过万花筒，你看到虚幻的七彩。村口有驼背的白发亲娘，出站台有翘首的爱人，某个角落有望眼欲穿的眼睛，有思念和期盼，祝福和泪水。那泪水是属于你的，涌动着关于你的一切。你感觉得到，却不想张望。你只看到城市的霓虹，穿巷而过的疾风，银行的取款机，敲打街路的高跟鞋，你桌上的那一杯浓茶，你狂妄的心脏。世界被你分离了。你认为，梦想与回家，是那样格格不入。

终有一天你想家了。终有一天你想回家了。这或许与你的梦想无关。你突然发现，回家的路有些荒芜，杂草丛生。她在你的笔端，在你的茶杯里，在你的窗外，在你的心里。她一直在，她无处不在，她总是被你忽略。你对着镜子，你发现自己正迅速衰老，正迅速追赶着你衰老的父辈。你的眼睛混浊干涩，全没了当初的炯炯模样。你的细小皱纹里藏着逝去时光的伤心碎屑，你把它们抹平，它们又再一次固执地堆起来；你拔掉鬓角的一根白发，那里又飞快地长出另一根。

是的，该回家了。也许是回家，也许是回家看看；也许是回家，也许是下一次离家的前提。你不知道，没有人告诉你。你只知道，该回家了。是的，回家。

那一年临近春节，我从呼和浩特乘列车，回家。家在胶东半岛的某一处小镇。车进了山海关，我开始盼，盼那支萨克斯曲子，盼它为我抹去异乡的尘，唤起沉睡多年的心漪。但直到走出地下通道，我也没有等到，那支安抚我的曲子。

列车的终点，是南方一个陌生的城市。它不会在意我的心情，它要把曲子留到终点。我想，对于它来说，我只是它行程中的一个过客。那首曲子，又怎会因我而响起呢？

补鞋匠

赵建平

小街上的补鞋匠有好几个，每到街天，这些补鞋匠，一大早就把补鞋的家什，从家里搬到街上。人，是固定的几个人。地点，是固定的几个地点。一条街，几个补鞋匠各分一个位置，各据一个区域。

小街不大。闲天，补鞋匠也会出来摆摆摊子，只是生意比街天要差一些。其中一个补鞋匠常常把地摊支在菜街旁边，紧挨小街最繁华的地方。补鞋的家什放在铺面门前，门前有早些年种下的香樟树。这个补鞋匠大多时候是搬一个小木凳，和几个街上的闲汉，坐在树下玩土二。打土二，是这几年小街最流行的纸牌游戏。打土二的人天天就那几个，而看客也常是老面孔。男男女女，指指点点，说说笑笑。

有时，他们也会为打牌而撕了面皮，乱说乱骂，不羞不臊，不管不顾，粗话脏话张口而出。骂爹的骂爹，骂娘的骂娘，手指着要骂的人，语言粗鄙得让坐在背后商店里的女人们，边听边转了身子，用手蒙着嘴哧哧地笑。有小姑娘，干脆就红了脸往店里去或者低了头离开。可即便满嘴臭，这帮人到底是扯不开，吵完，骂完，又开始发牌出牌，然后又开始了新一轮的争吵。

在小街，最特别的补鞋匠，是一个来自四川的补鞋匠，一说话，浓浓的四川味，来小街有了好些年头。闲天，男人的摊子摆在小吃摊旁边，却又隔了些距离。话不多，只要有生意，态度说不得的好。手上做着事，嘴里和你拉着家常，完全不像其他补鞋匠。就因为这点，男人的生意就比别人好得多。男人还兼了帮人配钥匙的事，女人闲的时候，配钥匙就交给女人。女人不在，一天到晚，补鞋配钥匙，就都是男人做，这给小街上的人，带来了很多方便。

每次从男人身边经过，很少见到他闲着。不管天晴下雨，他常在补鞋的地方，撑一把大红伞。伞红红地映着地面，也衬着补鞋的人。从面前经过，他就看你笑，一个招呼过后，就自顾做手中的事。他阳光般的笑，让我想起了在昆明大街上曾遇到的一个擦鞋匠。手里拎着擦鞋的工具，穿一身普普通通的衣服，没人的时候，捧一本书在树下静静地看。有人需要擦鞋的时候，他就用一个橡皮凳子招呼着客人坐下，他边擦边乐呵呵地跟客人说话，同样是操了四川的口音，同样是说着一些家常，偶尔还会跟客人谈余秀华的诗，谈路遥的《平凡的世界》。在他身上，对生活的坦然、坦荡，不得不让人认识到生命的高贵，与地位无关，与贫富无关。

从他们骨子里透出来的光亮，没有矫情，更没有讨好的意思。自然纯粹的人与人之间厚善的交流，让人不得不对生命进行审视、反思和修正。

忙碌的时候，也会看到他的女人，用一个碗或者一个盒子，把饭从家里送到街上，女人一边看着他一勺一勺地吃，一边跟他闲唠着，不知道说的什么，却可以看到男人满脸的笑，嗯嗯地回应着女人。吃完饭，女人掏出一张纸，让男人擦擦嘴角，又轻轻地拧开瓶盖，让男人喝一口从家里带来的水。男人喝了女人递过来的水，又开始做他自己的事情。而女人也拿了一个小凳子，坐在男人的身边，静静地看着。

突然之间，我觉得，这有着很多缺失的小街，有了一种原来我没遇到或者意识到却被我漠视的味道。

阳光下，打土二的补鞋匠，还在玩着。大红伞下，那个寂寂的补鞋匠，还在一丝不苟地为别人补着鞋子。在我的眼里，他们都是不起眼的补鞋匠，穿着不起眼的衣服，做着不起眼的事情。但，他们的方式或者某些方面的取向，却是截然不同的。

这样的一条小街，偏僻而又促狭，却是沾了很多流俗和市侩。

你会非常不习惯小街上充斥的邪恶，譬如卖肉的，譬如卖菜的，譬如卖零零碎碎物件的。他们垄断了小街，或哄抬物价，或短斤缺两，或售卖假冒伪劣。你也非常不习惯街上充斥着混浊的物欲，你争我夺的歇斯底里。你也不习惯小街上腐水、果皮、纸屑、丢弃的黄菜叶、鸡毛、鱼鳞、泥尘，还有那些肮脏的垃圾箱所构成的风景。你也更不习惯这个地方对外来者的不屑、欺生、利用、胁迫。

很多不习惯沉闷着、压抑着、疼痛着。

而这对补鞋的男女，在小街上补着鞋子，不猥琐也不怯懦。我就觉得这对男女，实在比我，比像我一样更多的人强了许多。这更多的人，也许是从他们身旁经过的穿着时髦的高傲女人，也许是从他们身旁经过的衣冠楚楚的盛气男人。但是，看到这些来来往往的男男女女，我觉得怎么都不堪这对男女坦荡的一瞥。

那一瞥，有生命力，带了锋芒，会刺疼人，火烧火燎般的感觉。

我想拒绝这样的一瞥，却最终在这一瞥中，震颤起来，惊慌起来，以致有一些想转身而逃的念头。

小街上，也有很多和补鞋匠一类的人，诸如理发的，卖老鼠药的，也有挑了鸡毛掸子沿街吆喝的，在街上支一张小桌子，帮别人拔牙补牙的，这些人经常组合成小街的风景。苦着脸的也有，但更多的时候，你看到的却是一种热闹的茫然的笑。那笑，那种茫然，你不知道是对自己，还是对别人，还是对这风尘中的灯红酒绿？这有些让人不懂，但不懂有不懂的好处，省了思想，省了疼痛。可不思想，却也不麻木。茫然于我，偏偏就生了战栗和惊悚。

但从小街上补鞋的这对男女身上，我从来没有感受过这种战栗，也没发生过这种惊悚。

打牌的还在打牌，哄笑的还在哄笑。笑声，隔着空气，隔着一顶顶红色的伞，从那头传到这头，从小吃摊经过的时候，这些笑声里又夹杂了浓浓的佐料味，还有周围腐烂的垃圾的味道。只是，我不知道，这补鞋的男人，能不能听到，或者闻到。

这些补鞋匠，是不会聚在一起的。即便遇见，也不会互相招呼一声，就连眼也不抬一下，更不会侵入对方的领地。每个补鞋匠一直都坚持着这种没有明文规定的规定，但凡有需求的人，却不受这些约束。因此，这些补鞋匠对来补鞋的人，倒是绝对的宽容，也不会带了成见。单凭这一点，我倒觉得这些补鞋匠在顾客方面所表现出来的大度和宽容，绝对比那些在小街上鸡肠鼠肚、利欲熏心的人们，要受尊敬得多。

到了街天，小街上又是一番热闹景象。补鞋匠就把地点搬到路口边，仍然是占路为市。这个四川补鞋匠，他所处的位置刚好离路口不远，一二十米的位置，且离学校距离较近，占了两头地利，对于他而言，因为他的亲和，摊前等候的人自然就比其他补鞋匠要多得多。可这样的结果，给他带来的却是同行的疏离。

好在，仅仅是疏离，却没有遭到同行的挞伐，这实在与其他行业有一些不同。因而这个四川补鞋匠，得以在小街上守着自己的阳光，自己的地盘，自己的风雨，做着自己养家糊口的事情。这怕是小街对异乡人最大的怜悯和最大的慈悲了。

来到小街所处的地方，其实已有二十年了。这个地方二十年，或者三十年前的辉煌，而今早已看不到。人流，车马，灰蒙蒙的天空，漫天飘飞的灰尘，灰尘中荡漾着的羊肉馆、牛肉馆飘散的香味。那个时候，这小镇充斥的风情，醉着小街，也醉着小街上的人。当然，也醉着小街上这些补鞋的匠人。

“那个时候，那个时候哦！”这补鞋匠“哦哦”说着，那个时候怎么样，我不知道，但他知道。

他先我而来。

也许是忘记了二十年、三十年前的一些细节。反正，“哦哦”之后，他不再说话，低了头，做着手中的事。

有时，在他的面前，怎么都觉得他就是我的世界，他的眼神，他的生活，乃至于他的思想。有时又觉得我才是他的世界，可我却没有什么可以成为这个世界里最值得保留下来的东西：尊严、敬畏、生活、微笑、理想、信仰。

一切都没有。

我想，我和他不可能重合，两个不能重合的世界，我只能想，他就是我，或者我就是他。而这，没有谁可以为我，或者为我们作证。

也许，根本就不用作证。

他补他的鞋，我走我的路。

两条轨道，相向而行，却只能互相成为风景。渐行渐远中，有一天，也许会想起幸福、快乐和健康，也会忘记痛苦、疾病和死亡。

在小街上，却是好久没有见到这对补鞋的男女了，不知道去了哪儿。就像不知道从头顶飞过的鸽子，十只，十五只，或者二十只，最后只留下疑惑，却一只也见不到。

但好在阳光照着。

来时的路一片亮堂，去时的路也一片亮堂。

果园里的桑葚熟了

朱华胜

远远地看到果农尹大嫂正在树上摘桑葚，我便走了过去。

地上，已经装满一篮子桑葚子，离远看黑油油的，走近再看却是紫黑色。桑葚有大红金豆那样大小，椭圆，既好看又诱人。我站在树下，抬头看去，尹大嫂正摘得不亦乐乎。她在树上挂了一个红色塑料桶，双脚踩在树丫上，一手扯住一根枝丫，一手轻轻地摘下桑葚，再小心翼翼地放在桶里。看她一脸专注的神色，显然没有发现树下的我。

我观察了一会，就爬到树旁边的一个人字梯上，打算帮她摘桑葚。尹大嫂看到了我，急忙说道："朱指导员，不劳你动手，你就摘几颗尝尝吧。"我回答："好啊，我是要尝尝的，也要帮你摘，现在是中午，我也没有多少事。”

随手，我摘了一颗软软的桑葚，放入嘴里轻轻一咬，一股汁水在唇齿间流淌着，真是甘甜！没想到这棵树上的桑葚这么好吃，我忍不住赞许。尹大嫂听到我的夸赞，脸上绽满笑容，连声说，好吃你就多吃点。也许是同时想起那句广告词，我们不由得开怀大笑。

此时，太阳高照着蓝莹莹的天空，晕出一圈一圈耀眼的光。一群群鸟儿从头上掠过，落在不远处的果林里。尹大嫂的脸色通红，大颗大颗的汗珠顺着脸颊淌了下来，一闪一闪的。她确实是干活的能手，摘了一把又一把，很快塑料桶又要装满了。我却没有她那么快，也许是怕弄破桑葚，我摘得格外小心。她很快就摘了一把，我才摘下五六颗。

我与尹大嫂边摘边聊了起来，聊得最多的是她那两个孩子。尹大嫂说她与丈夫共有一儿一女，女儿在外地读师范院校，儿子在镇上读初中。孩子读书的开销很大，加上日常生活开支，每月要很多钱。

“负担确实够重的，那能支撑这样的开支吗？”我有些担心地问。

尹大嫂往后甩了甩头发，收起了笑容，一脸凝重地说起来："现在日子好多了，前些年，老人还病重着，各方面都要花钱，家里那一亩三分地，再怎么栽种，也出不了几个钱。日子太艰难，于是我和孩子他爸就动了叫大女儿辍学回家念头，那时她还在读中学。女儿每天眼泪巴巴，我和她爸爸也愁眉不展。就在这个时候，一件事情让我们改变了想法。村里栽种水果的几家，水果一上市即被销售一空。有的家庭收入一万多元，甚至还有的达到两万多元。他们几家前两年在外地打工，不知何因突然返回来，在自家土地上栽种水果树，在县上派来的农科员的帮助下，不到三年就见了成效，现今果实累累。这样的收成让我和孩子她爸眼睛发亮，心里发热。以前我们认为，桃三杏四梨五年，要吃核桃十五年。娃娃读书急需用钱，哪家等得起？没料到他们学得先进种植方法，短时间内也可见成效，这句老话过时了。我们也决定，向他们学习，把自家所有土地都种上果树。"

"说干就干，可是万事开头难。"尹大嫂接着说，

“我们买来果树苗后，诚心请教别人，栽种，栽培、嫁接，病虫防治、果园生草、节水灌溉、套袋、整形修剪、一切的一切，都要新学。起步初期，困难重重，省吃俭用，吃了很多苦。还好，终于熬过来了。”

说到这里，尹大嫂笑了。她那种从心底里迸发出来的笑容，深深地感染着我。

她接着说：“女儿今年师范学院毕业，要考研究生。光报名费就要交 800 元，更莫说她读研还要三年，这些花费，放在以前，想都不敢想。如今，我和她爹没有犹豫，支持她读。”她的脸上，写满了自豪。

告别尹大嫂，我干脆顺着果园一路走去。乌龙村的五月，田间地头、村道两旁、屋旁院落周围，到处是郁郁葱葱、翠叶流光。紫艳艳、亮晶晶的桑葚，红绿相间胖嘟嘟的桃子，红通通的、水汪汪的李子，黄灿灿、嫩汪汪的杏子纷纷亮相，像一颗颗光亮的宝石，挨挨挤挤，密密麻麻地缀满枝头。微风吹过，一阵阵果香便扑面而来，沁入我的心肺，使我心旷神怡，口水在嘴里打转。

一路的乡间美景令我目不暇接，也令我滋生感叹。真没想到时间过得这么快，今年三月初我才来乌龙村当指导员时，果林里到处是火红的桃花，雪白的梨花，娇艳的杏花，醉人的李子花，开得笑盈盈的，飘荡着浓郁的花香。我还陶醉在花香里，才两个月不到，花香已成了果香，愈发诱人沉醉。

短短的几个来月，我感到乌龙村人很聪明，朴实，不仅勤劳能干，而且家家户户善于解放思想，转变观念。他们在自己的土地上纷纷种起了水果，应用现代种植技术，辛勤耕耘；用勤劳和汗水，换来了硕果累累。不过几年，乌龙村已然名声大震，成了全县有名的水果村。在这个果实飘香的季节，我亲眼看见，水果商们直接开车来村里采购。我走在路上，随处可见村民卖水果的车子，络绎不绝。

村主任告诉我，全村耕地 2517 亩，其中水果种植面积达 2300 亩，占全村耕地面积的 90% 以上。当我问他收入情况时，他说的数字吓我一跳。去年，乌龙村出售水果纯收入 560 万元，到外承包果园 12800 亩，年纯收入 1559 万元。全村经济总收入 2119 万元，人均纯收入 7269 元。

难怪果农尹大嫂家大力支持女儿考研，她家四口人，去年纯收入达 3 万元。

像这样种水果供孩子读大学的情况，乌龙村何止果农尹大嫂一家？我才来时，走访的第一家，杨吉友老乡家也是如此。记得那天，天很晴，我在果林里兴奋地转悠着。忽见前面一块地里，一男一女正在浇灌果树苗，他们是一对夫妻。通过交谈得知，他们正在地里套种苹果树苗。他们告诉我，桃树盛果期可维持十到十五年，寿命短，苹果树可活二十年左右，所以现在要套种苹果树。等到桃树老到不结果，苹果树也已经长大，就能开花结果了。他们家的桃树是村子里种得较早的一批，已挂果五六年。

我挺佩服他们，未雨绸缪，做事很周到。他们很年轻，但他们却告诉我，已经儿女双全，女儿在昆明医科大学读书，儿子在镇上读中学。杨吉友妻子一脸欣慰地说道，就靠这些果树，才敢供他们读书。

想到这里，我很感慨，其实农村发家致富是有门道的，因地制宜，总有办法。乌龙村的地势平坦，正好处在以礼河流域，土质适合种植水果。一个地方，当人们根据当地实际情况找到合适的发展路子，农民致富的密码就被破解了。

“吃桃子，朱指导员。”一个熟悉的声音飘至我耳畔。我抬起头来，循声望去，这不正是杨吉友的妻子吗？只见她与好几个妇女顺着路边坐着，面前背篓里装满了红通通又新鲜的水果，正在路边零卖呢。

我笑笑，走到她身边一个空凳子上坐了下去。几个妇女很热情，递过来新摘的桃子。我说：“只要一个尝尝就行。”

来买水果的人很多，几个妇女叫卖得欢，红扑扑的脸上洋溢着幸福。

我不忍打扰这幸福的美景，悄悄起身，又往果园走去。

果园里，玉树琼枝，晶莹剔透。那一个个探头探脑的精灵，有的像少女的红脸蛋，有的像红灯笼，有的像圆圆的红皮球，压得枝头弯了。聪明的果农们给一些青苹果套上了袋子。杨吉友告诉过我，这样做，果子的颜色鲜，味道甜，更重要的是，没有污染，十分受买家的欢迎，能卖得上价钱。

久居城市，总会生出疲惫。在乡下的这几个月，如临桃源，时刻神清气爽，内心充满天籁般的宁静。眼前这丰收的景象，让我如痴如醉，尽情享受着，用心细嗅着乌龙村果林带来的芳香，倾情书写着夏季的美丽童话。

人说，有些地方，此生是定要去的，只有亲历了远方山水，让梦成为现实，才不枉来人间走过一遭。可当我们见到梦中的景致，那样至美的风景，可以做到寂静无言吗？如此来说，我所下乡的乌龙村就是至美的地方了。她有着至美的乡情，有着至美的风景，更有着淳朴的情怀、丰收的喜悦。面对此情此景，我做不到寂静无言，晨曦里桃果上的一滴露珠，正午时枝丫间一缕阳光的闪烁，夕阳西下里乡亲们开在褶皱里的笑容，都会让我惊喜，让我的心瞬间盈满感动和温暖。

果香浓郁，令人心醉。恍惚间，我分明看见一棵棵果树间闪烁着无数个中学生、大学生、研究生的笑脸。

黄连花开

赵建平

同一个地方，在半个月之内，我去了两次。第一次，是去探寻溶洞。第二次，是去看这个季节盛开的杜鹃花。

这个地方，叫白马梁子。

但第二次去，吸引我的却不是漫山遍野的杜鹃花。去时，正是当地人忙着点种庄稼的时候。山草还没抽绿，谢家水井村旁的椿树，却正发着椿芽，绿油油的豆军粮刺蓬，长在崎岖的山路旁。山路砾石遍布，这里一个坑，那里一个洼，坑坑洼洼的边缘，是山石悬岩，坡地草皮，荆棘刺蓬。越往上灌木越多，在一株开着红艳艳花的杜鹃树旁，砾石堆中，却见一株也正开得花蓬蓬的黄连，被灌木围着，在杜鹃花的映衬下，细碎的黄连花，淡着光芒，亮晶晶的黄，在草坡上发散出活泼泼的生气。

这黄连，我太熟悉。20 世纪 80 年代，我读初中的时候，在乡下的村村寨寨，经常看到收黄连根的人，他们把购来的黄连根，放在人工池子里，通过析出、过滤、沉淀，用以提炼药用的物质。那个时候，我便知道这黄连，它具有下火、清热解毒的功能。前几年，因为身体原因，我也曾托街上的草药医生，去挖很多黄连，加上野葛根、小苦草、龙胆草、夏枯草，用开水煎熬，日饮多次，味极苦且涩。

现在，我又看到这黄连了。不多，长在石头缝里，周边是一些橿子棵和灌木丛，叶片厚薄均匀，边缘长着尖锐的针刺，开着黄黄的花朵。这米粒大小，金黄黄的花开在刺蓬中，明丽素雅，有淡淡的花香味。一种地缘和亲缘之情，顿从我心里流淌出来。

是的，说到白马梁子，说到黄连，好像生命里早已注定了我与它们不可割裂的联系。

站在白马梁子的山上，可以远远地看到家乡的崇山峻岭。而在这白马梁子脚下的山林果树村，是母亲的出生地。母亲出生的地方，早已物是人非，伴随着数十年光阴的，是记忆中村旁的那棵山林果树，以及这生长了黄连的白马梁子青了又黄、黄了又青的山黛岭脊。

山际飘过风烟，数十年前，在黄连花开的季节，崎岖的山路上，一个女人被迎亲的队伍，从这白马梁子的山脚娶走。山路曲折，女人头顶红色帕子，骑在马上，由新郎牵引着，走向山的那边。颠颠簸簸的山路，铺满女人颠颠簸簸的憧憬。女人的幸福，在磕磕绊绊的日子里，不断希望，不断破裂，又不断被缝补粘连。很多年后，新郎成了我的父亲，新娘成了我的母亲。我无法判断父母一辈子的相厮相守，幸还是不幸？但在拌拌吵吵中，有种苦涩，经过很多年的发酵，却如这黄连味道一样。

幸福，是一种什么滋味？

父亲未曾说，母亲也未曾说。

风，总在白马梁子的上空吹。白云，总在白马梁子的上空飘。这样的景象，和母亲出嫁的时候，应该差不多吧。

面前的这株黄连，伸伸展展地绽放。旁边的荆棘野草，以及在砾石中冒出的杂碎东西，都成了这黄连的陪衬。这黄连，一年三百六十五日，我几曾见过它的花开。

花语里，我又何曾听到她盛开的呢喃。当我用手去抚摸这长了锐刺的黄连，抚摸这开了素雅之花的黄连，我实在不愿意把它和苦涩连在一起。但它与生俱来的苦性，却总给艰难中的人清火败毒。杜鹃花开在旁侧，一株，如火一般，但在我的心里却总是抹不去这细碎的黄连。一株黄连，已足以胜过漫山遍野的杜鹃。在这片春天的荒坡上，我要说的，是唯见过这样的一株黄连，我才见到了春天的容颜。这，才算是白马梁子真正花开的季节。

那个女人呢？那个后来成为我母亲的女人，历经七十年风雨的欢歌悲吟，苦难、蹂躏、不幸，连同她对阳光的依恋和一生对爱情的憧憬，早已深埋于另外一块土地。对生命的依恋和希望破灭之后的落寞，早已成为风烟中枯寂的尘土。只是，我的母亲，我不知道当年出嫁的时候，她是否曾回望过这白马梁子，以及白马梁子上生长的苦性的黄连。更不知道，在离世的刹那，她还记不记得，在她的故土，有一株黄连，每年都开着细碎的黄花。

黄连花开。在阳光之下，在风雨涅槃中。

是谁也给母亲取了这样一个苦性的名字？

是我的外祖父，还是我的外祖母？是无意中看到这样的一株植物，而把母亲的一生，与黄连紧密地联系在一起，还是他们洞悉了母亲一生的苦难，而有意以黄连来给母亲命名？

我终是明白，来到这儿，来到母亲出生的地方，我不是来看花，而是来寻找母亲。当走在母亲曾走过的泥土之上，我不知道当年的母亲是否也看到过这样一株长着刺，盛开黄花的植物，在她的眼里摇晃出温馨而又寂寥的风景。

我是寻根来了，母亲。

我先是沿着母亲出嫁的山路，走进那个属于母亲的村庄。在母亲的原生地，我多么希望能找到留在这块土地上有关母亲的故事。我祈望于这些故事给我干涩的生命带来鲜亮和饱满。我不想让自己成为荒漠和堆积在白马梁子上的沙砾的一部分。至少让我在这块原生的土地上，能再感受一次母性的安详与慈爱。即便在母亲赋予我生命的河流中，有着黄连的苦，但我已经完全可以毫无惧意地接受，来自母亲苦难和甜蜜的馈赠。

行经此地，觉得只有见过黄连盛开的花朵，才能见出母亲纯净的心性。母亲走了，在母亲走后的十年，娶走母亲的那个男人，也在黄连花开的时节，随母亲而去。十年的距离，对于父亲而言，多是寒冷，少去的却是阳光的盛放。母亲去世的日子，父亲又去哪里寻找一株黄连的苦涩和温情陪伴。老屋里孤零零活着的父亲，我总在想，他一定会回忆起白马梁子，白马梁子山脚的小村，以及小村里成为他的妻子的名叫黄连的女人，所给予他的生命的抚慰和岁月的哀怨。

我的意识里一直害怕着遇到这样的一种植物，就连听到它的名字，也会让我生出疼痛。失去亲人，孤零总让我想起母亲，那个叫黄连的女人，在我怀里安然而逝的情景。生活里不再有一个可以称之为母亲的人，也不再有一个可以称之为父亲的人，让我呼唤，我便相信如黄连般的母亲父亲，千真万确地抛却了这个世界，而去到另外一个地方，继续着他们未了的相互寻找和相互凝望。

黄连花开。

开在曾哺育母亲生命的白马梁子的山上。只有这一刻，这小小的一株黄连，才让我多年沉积的情感，再度从心里发散出来。在母亲的原生地，彻悟出人生的来处和去处。眼前，一株小小的黄连，我与它的距离，越来越靠近，彼此却又越来越孤独。它与我距离如此之近，而我却绝无选择地把靠近它的幸福和孤独攥在手里。我的目光所及，阳光越来越白，黄连花越来越黄。而在孤独之外，那白，那黄，交替着在满天的热流中完全陷落。风饱蘸着温情和缠绵，阳光里的醇厚，早已剔除旅程中的浅俗和浮躁。我的目光定格在绽放的黄连花上，缠绵成一个明净的符号。有一天，当我再遇到这苦性的黄连，我相信任何力量，都不能阻止我去看、去听、去亲近。我也无法阻止，自己的灵魂和这黄连苦性的灵魂，多一次碰触的机会。

是的，这世上，有一种植物，叫黄连。有一个女人，她的名字，也叫黄连。

虽然苦性，但她们却充满了母性的温暖与柔和。就让这样的温暖与柔和，陪着我，也陪着所有和我一样的人。